どうも、物欲の聖女です 2

スキル「クリア報酬」で
大に勘違いされました

吉武

Doumo,
Butsuyoku no
Seijo desu.

本文・口絵イラスト：吉武
デザイン：Ｃｏｉｌ

CONTENTS

第一章　素敵な王子様

「クリード王子、ご機嫌麗《きげんうるわ》しゅう！」

「あぁ」

エクセイシア王国の王子クリードは話しかけてきた女性が誰《だれ》なのか、思い出せなかった。

王族と貴族を交えた立食パーティは親睦《しんぼく》を深める場で、クリードの機嫌を取りにくる女性が後を絶たない。

エクセイシアの王子という立場ではあるが、クリードは彼女《かのじょ》たちのその張り付いたような笑顔《えがお》が何より嫌《きら》いだった。好かれようとして作ってきた笑顔に最近は生返事で返す。

「本日はお招きいただいて感謝しますわ。わたくし、タカビーシャ家のシャルンテと申しますの」

「侯爵家《こうしやくけ》の……」

「まぁ！　王子様にご認識《にんしき》いただいてますのね‼　感激ですわ！」

「タカビーシャ家は我が国に対して多大な貢献《こうけん》をしてもらっているからね」

シャルンテは黄色い声で大きくはしゃいでいる。

クリードは事実を言っただけで、彼女を褒《ほ》めたわけではない。

世話になっている名家の名前を忘れるわけにはいかないと、必死に思い出しただけだ。ただそれだけであり、彼女に好意などない。

シャルンテは生まれつきのスキルで多くの人間を意のままに操《あやつ》っている。クリードとて油断できないスキルだ。そんなクリードのもとに次々と女性が集まってくる。

「王子様、私もご挨拶《あいさつ》に伺《うかが》いました！」

「クリード様！」

「私を覚えてらっしゃるかしら！」

次から次へと切りがなかったが、クリードもまた笑顔を作って対応した。彼女たちは真に受けて、我こそはとアピールして妃《きさき》の地位を狙《ねら》っている。

彼女たちはクリードという人間に好意を持っているわけではない。彼女たちが好きなのは王子という地位だ。

「王子様、先日の魔物討伐《まものとうばつ》でお怪我《けが》はありませんでしたか？」

「問題ないよ」

「まぁ、さすがは王子ですわ！　やっぱり脈々と受け継《つ》がれたそのスキルに敵《かな》うものはいませんのね！」

「このスキルは滅多《めった》に使わないよ」

スキルは遺伝が強く影響《えいきょう》するため、王族という血族は強い。しかしクリードはそれが嫌《いや》だった。自分の努力で手に入れたわけでもない彼《かれ》のスキルは多くの者たちが羨《うらや》ましがる。

隣国《りんごく》のファフニル王は二国会議における会食の場で露骨《ろこつ》に態度を変えてクリードの機嫌を取っていた。

そんなファフニル国でも、最近ではシルキア女王が王位についたと聞いてクリードは少しホッとしている。クリードはシルキアと何度か会ったことがあるが、悪い印象はない。

クリードが王となったらシルキアと結婚《けっこん》する可能性があり、そうなれば少しはマシな関係を築けると彼は思っていた。

「ねぇ、王子様。わたくし、少し酔《よ》ってしまいましたわ……」

「おっと、それはいけない。おい、誰か！」

しなだれかかってきたシャルンテの肩《かた》をクリードが支えつつ、召使《めしつか》いを呼んだ。

ところが召使いが彼女を別室に連れていかせようとすると、シャルンテが突《つ》き飛ばすように引きはがした。

「もう！　王子様ったらぁ……」

「飲み過ぎはよくない。このパーティで君に何かあれば一大事だ。だから休むといい」

「フフフ、そういうことなら……待ってますわ」

クリードの返事に納得《なっとく》したシャルンテがようやく別室に移動した。彼はシャルンテの下衆《げす》な下心に嫌悪《けんお》感を抱《いだ》いている。

他の女性も同じで、どいつもこいつも自分に媚《こ》びを売って取り入ろうとしていると、心の中で吐《は》き捨てるように呟《つぶや》いた。

「……僕《ぼく》も疲《つか》れた。数日後には魔物討伐が控《ひか》えているからな。今日は休む」

「は、はい」

召使いにそう告げてクリードは立ち去ることにした。もうこの場にいるのは耐《た》えられないと思ったからだ。

それでもつきまとってくる女性たちをクリードは振《ふ》り切って、なんとか部屋に戻《もど》った。

「疲れるのは魔物討伐で間に合っている。そのほうが国民の命を守ることができるんだからな」

一人、そう悪態をついてクリードはベッドに寝《ね》ながら天井《てんじょう》を見つめた。

＊　＊　＊

エクセイシア王国内には未《いま》だ危険な魔物が生息している。この国は屈強《くっきょう》な騎士《きし》団を備えているが、彼らの手に負えない魔物の一匹《ぴき》や二匹は珍《めずら》しくなかった。そんな時、犠牲《ぎせい》になるのは一般《いっぱん》国民だ。

王として、上に立つ者として何を考えなければいけないか？

何をしなければいけないか？

クリードは常にそう考えている。安全な城に籠《こ》もってデスクに向かっている暇《ひま》などないと、クリードは魔物討伐に挑《いど》んでいた。

「ク、クリード王子！　このような地に来ていただけるとは……！」

「構わないよ、騎士団長。それより被害《ひがい》は？」

「幸い目立った被害は出ておりません。しかしここ最近では奴《やつ》の生息範囲《はんい》が少しずつ広がっているのです。我々も応戦したのですが思いの外、手強《てごわ》く……」

「いや、よく守ってくれたよ」

クリードに感謝の意を表した騎士団長は隣国の閃光《せんこう》のブライアスとよく比較《ひかく》される。

スキルではブライアスが優位だが戦闘能力《せんとう》はこちらの騎士団長に軍配が上がるとクリードは見ていた。

戦いはスキルで決まらない。少なくともクリードはそう信じている。

「き、来た！」

その魔物は歩くたびに地響《じひび》きが起こるほどの巨体《きよたい》だった。森の奥《おく》から姿を現した魔物が見せる牙《きば》は無数にあるとクリードは錯覚《さっかく》する。

そして何より異様なのがその姿だ。岩の塊《かたまり》で人形《ひとがた》、それでいて短足で大きな口からは牙が覗《のぞ》く。

クリードはその魔物の存在が理解できなかった。

「騎士団長。あれは何なのだ？」

「私にもさっぱり……。該当《がいとう》する魔物がいません」

「新種か……？」

クリードの直感が危険だと告げている。スキルなしだと厳しいと思ったが、彼はこんなものに頼《たよ》りたくなかった。

スキルがなくてもやれるとクリードはここで証明するつもりだ。

「これ以上、生態系を乱すのは許さない」

クリードが駆《か》けた。巨体の懐《ふところ》に潜《もぐ》り込《こ》んで真下から顎《あご》を斬《き》りつけて、面食《めんく》らわせるとクリードは頭の中で戦術を組み立てる。

「はぁぁぁぁッ！」

「ファイアボォォ――――――ルッ！」

正体不明の岩の怪物《かいぶつ》に炎《ほのお》の玉が直撃《ちょくげき》した。岩の怪物が衝撃《しょうげき》で砕《くだ》けて倒《たお》れた後、続けて何者かが走ってくる。

「全上昇《ぜんじょうしょう》の実ィイーゲットォォ――――――――!」

「収穫《しゅうかく》だぁ――――!」

「さすが師匠《ししょう》ォォォ――――――!」

後から走ってきた少女二人が加わり、早々に何かに入っていった。車輪がついている不可思議なもの、クリードが初めて見るものだ。

「またミッションきたぁぁ――――!」

車輪がついた乗り物はあっという間に走り去っていった。クリードは微動《びどう》だにせず、見送ることしかできない。

「お、王子。ご無事ですか？　今の連中は一体……」

「あれは魔道車だ。初めて見たかもしれない」

「ま、魔道車ですと⁉」

「素晴《すば》らしい……」

「え？」

クリードは震《ふる》えが止まらなかった。これは恐怖《きょうふ》じゃない。感動だ。クリードの体の内が熱くなり、何かを感じていた。心臓が高鳴り、あの少女の姿が彼の網膜《もうまく》に張り付いている。

「可憐《かれん》だ……」

「……王子？」

クリードはしばらく動くことができなかった。起きたことによる衝撃を忘れられず、彼は生まれて初めて恋《こい》をした。

＊　＊　＊

「ほーしゅうっ！　ほしゅほしゅほーしゅっ！」

私、マテリをこの世界に召喚《しょうかん》したのはファフニル国の王様だ。召喚した人間は強いスキルを持っているという話らしいけど、私のスキルであるクリア報酬《ほうしゅう》は一見して何の役に立つのかわからないスキルだった。

それに激怒《げきど》した王様は私を城から追放して、魔物だらけの森の中に放置。だけどクリア報酬は与《あた》えられたミッションをクリアすれば報酬がもらえるというもの。

私はミッションに従って進み、鍛冶師《かじし》見習いとして働いていたミリータちゃんと出会う。子ども扱《あつか》いされて店を出すことを許されなかったミリータちゃんは私のスキルに魅力《みりょく》を感じたみたいだ。私と行動していれば珍しいアイテムの鍛冶をする機会があるということで、ついてきてくれるようになる。

それからファフニル国の危機を救って、魔王討伐の旅をしていたフィムちゃんと出会った。魔物に苦戦していたところを私が助けたら、師匠と呼ばれて尊敬されてしまう。仕方ないので連れて行ってあげることにして、今はエクセイシアという王国に来ている。

ファフニル国の隣国、エクセイシアに来てから私は常に機嫌がいい。

ファフニル国にいた時よりも報酬の羽振《はぶ》りがいい気がしたし、ついテンションが上がって魔物狩《が》りだけでこの場所に何日も滞在《たいざい》してしまった。普通《ふつう》は周辺の町とか探すはずなんだけど、その必要はない。

マスターナイフがあれば大体の魔物は食材になるし、野菜不足については野草がある。その辺はフィムちゃんが詳《くわ》しくて助かった。

「師匠！　野草を採ってきました！」

「ナイスっ！」

フィムちゃんは無尽蔵《むじんぞう》と思える体力で、ひたすら野山を駆け巡《めぐ》ってくれる。

魔道車内に肉や野草をストックしておいて、いざ長旅になっても安心だった。

そして料理担当はミリータちゃん。私は味見担当とバランスがいい役割分担だ。

「マテリ、そろそろここから動かねぇか？　ずっとここで戦っててもしょうがねぇ」

「そうだね。次は王都を目指してみようか」

「次なる修業《しゅぎょう》の場ですね……！　腕《うで》が鳴ります！」

とか気合が入ってる子がいるけど、どんな魔物も大体瞬殺《しゅんさつ》なんだよね。修業という意味合いではあまり身になってないと思う。でも本人が満足しているならそれでいい。

魔道車を発進させた後、私は報酬をテーブルの上に並べて眺《なが》めるのが日課だった。

「はぁ～……一生見てられる……」

「なるほど、師匠。アイテムへの観察眼を鍛《きた》えるのですね」

「そうだね……うわっ⁉」

フィムちゃんが真似《まね》して凝視《ぎょうし》し始めた時、魔道車が急停止した。

「ミリータちゃん！　なにかあったの？」

「誰かが魔物に襲《おそ》われてる！」

えー、助けないとダメ？　ダメだよね。面倒《めんどう》だからここはフィムちゃんに――


ミッションが発生！
・マジックゴーレム（水）を討伐する。報酬：エリクサー

「師匠、ここはボクが」

「つしゃあぁぁ――――！」

魔道車を飛び出してから頭や手足が大きい水球で構成された変な魔物に突撃《とつげき》した。

エリクサー。これ実は先日、もらったことがある。体力と魔力を完全に回復する超《ちょう》レアなアイテムだ。

自分で使ってもいいけど、売ったらものすごいお金になる。使ってよし、売ってよしの優《すぐ》れものだ。

「ファファファファファファボアァァァァァ――――！」

連続した火の玉が直撃して、マジックゴーレムは一瞬で蒸発した。見たことない魔物だったけど私の敵じゃない。

ミッション達成！

エリクサーを手に入れた！

効果：体力と傷、魔力を完全に回復する。


「何個目かのエリクサーきたぁ――――――――――――――――！」

「売れば当面の資金には困らねぇ！」

「さすが師匠……。ボクには荷が重い相手だったということですね」

いや、たぶん瞬殺だけどそういうことにしておこう。

ミリータちゃんは売る気満々だけど、お金に困った時に売ればいい。

食料は何とかなってるし、私たちのお金の使いどころは日用品と娯楽費《ごらくひ》のみ。たまにいい宿に泊《と》まるのもいいんだよね。

「あの、どなたかわかりませんが助けていただいてありがとうございます」

「え？　あ、はい」

そこにいたのはみすぼらしい格好をしたおじさんと私と同じくらいの年齢《ねんれい》の女の子だ。

女の子のほう、二杖 流《にじょうりゅう》とは素っ頓狂《すっとんきょう》なスタイルでいらっしゃる。なんだかシンパシーを感じないこともない。

「マテリ、人のこと言えねぇようなこと考えてねえか？」

「えー、そんなわけないじゃん」

ミリータちゃん、恐《おそ》ろしい子。

ファフニル国では私に影響されて一部の冒険者《ぼうけんしゃ》が始めたとは聞いてるけど、ここは隣国だ。まさか私に影響されたなんてそんな偶然《ぐうぜん》があるわけない。

「王都へ向かう途中《とちゅう》、あのような魔物に襲われて……。あ、申し遅《おく》れました。ワシはダクマン、とある町のしがない貴族です」

「私は娘《むすめ》のルーシエ、改めて感謝します」

貴族と聞いて意外だった。私のイメージでは煌《きら》びやかな服を着飾《きかざ》っていて、体形は大体わがまま。ハマキなんかをくわえて偉《えら》そうにしてる。でもこの人たちはそんなのじゃない。

「貴族、貴族ねぇ」

「あ、貴族といってもお飾りですな。爵位も男爵で、今ではすっかり落ちぶれております」

「はぁ、それはそれは……」

「厚かましいお願いとは承知しておりますが、我々を王都まで護衛していただけないでしょうか？　あ、代金はわずかですがもちろんお支払《しはら》いします」

「それならいいですよ」

貧乏《びんぼう》とはいえ貴族、護衛もつけられないほど貧乏。訳ありかなと思ったけど、報酬があるなら問題ない。

「ありがとうございます……。私たちは何としてでも王都へ行かなければいけないもので……」

「うんうん、報酬のほうよろしくお願いしますね」

貴族たちを乗せて、魔道車が再び発進した。

私は納得しているけど、ミリータちゃんは少し疑わしげに運転席からちらちら見ている。確かに訳ありみたいだけど、報酬の前じゃ些末《さまつ》な問題だよ。

「おめぇら、王都に何をしにいくんだ？」

「……実はワシの娘こそが王子様が探し求める人物なのです」

「は？　なんだって？」

「先日、王都から各町や村へお触《ふ》れがございました。なんでもクリード王子は二本の杖《つえ》を持った少女を探しているようで、名乗り出た者には相応の報酬を授《さず》けるようです」

「ほーしゅー⁉」

王子が報酬？　それが本当ならこの親子の魂胆《こんたん》は読めた。それらしい格好をして王子のもとへ行けば、報酬が貰《もら》える可能性があるからだ。

なるほど、これは私にとってもチャンスかもしれない。

「クリード王子は国民の人気が高く、お近づきになりたいと考えている女性が多くいます。うまくいけば娘のルーシエも……」

「お父様！　私、ガッツリ玉の輿《こし》に乗るわ！」

これはなかなかの話が転がり込んできた。王子ともなれば、その報酬はさぞかし弾《はず》むはず。

なんでそんな意味不明なお触れを出したのか知らないけど、私が乗らないわけがなかった。

＊　＊　＊

エクセイシア王都に到達《とうたつ》！　妖精《ようせい》のイヤリングを手に入れた！
効果：属性攻撃《こうげき》ダメージ＋30％　エルフが装備時、更《さら》に属性攻撃ダメージ＋50％

「フィムちゃん、このイヤリングをあげる」

「こ、これは……師匠。ついに私の実力を、いえ。これで浮《う》かれず、精進《しょうじん》しろということですね」

「うん、もうなんでもいいよ」

プレゼントには素直《すなお》に喜びなさい。もうこういう子は放置して、ようやくエクセイシアの王都に辿《たど》りついた。

ファフニル国とそれほどの文化の違《ちが》いは見られないけど、一つ異様な点があるとするなら。

「なぁ、なんかどいつもこいつも杖を持ってねぇか？」

「しかも二本……全員、女性じゃん」

そう、女性全員が二本の杖を持っている。それも小さな女の子からお年寄りまで、世代が広い。

クリード王子の訳のわからないお触れのせいだ。絶対そうだ。だけどここまで極端《きょくたん》なことになる？

皆《みんな》、どれだけ欲深いのさ。しかもどうせ、相手が王子だから報酬もたっぷりとか考えてるに違いない。

「こりゃマテリに負けてねぇな」

「やだなぁ、ミリータちゃん。そんな人聞きの悪いこと言わないでよ」

「オラはこいつらと同類だと思われたくねぇ。マテリ、とっとと王子のところへ行くぞ」

「やだなぁ、まるで私も同類みたいな言い方じゃん」

ミリータちゃんが無言で肯定《こうてい》している気がする。

私たちはお城に向けて歩き始めた。さすがにここで魔道車は乗り回せないからね。

歩いても歩いても、いるのは杖を二本持った女性たち。

そして私たちが連れてきた方々もまた燃えている。

「ルーシエ、これはなかなかライバルが多い。しかし器量はお前のほうが上だ」

「わかってるわ、お父様。私の玉の輿願望を甘《あま》く見ないでほしい」

クリード王子がどんな気分でお触れを出したのか知らないけど、とてつもないモンスターを生み出している気がする。

これには私もドン引きだよ。いくら家が貧乏だからって、騙《だま》すようなやり方で結婚していいのかと。大体、何がどうなってこんなことになったのかな。

ちょうど、そこの女性二人が何か話している。

「あらぁ、奥様《おくさま》。今日も無駄《むだ》な着飾りですこと。オホホホ」

「奥様こそ、その樽《たる》みたいなお腹《なか》で杖をお持ちになってどうされたのかしら？」

「な、なんですって！　クリード王子のようなお方は一周回ってこういうふくよかな体形を好むのですの！　あなたこそゴブリンみたいな化粧《けしょう》ですわねぇ！」

「はぁ――――！　言ったわねぇ、このオーク女！」

聞く価値なんて微塵《みじん》もなかった。どこにでもこういう世界があるのか。

それに比べたら私なんて健全もいいとこ。オホホ。

「そろそろ城に着くはずだ。うぉ！　す、すげぇ行列！」

「これ全部、報酬目当て？　正気じゃないでしょ。本当に浅ましい……」

「おめぇもその一人だ」

「ミリータちゃんが容赦《ようしゃ》ない」

「事実だ」

ながーい行列の最後尾《さいこうび》に並んでからひたすら待った。すると判定が終わったのか、前のほうから歩いてきた女性たちが意気消沈《いきしょうちん》している。

いや、どれだけチャンスがあると思ったのさ。

「おどきなさい！」

「そうよ！　シャルンテ様のお通りよ！」

最後尾のほうから珍妙《ちんみょう》な人たちが荒々《あらあら》しくやってきた。

並んでる人たちを突き飛ばしたのは金髪《きんぱつ》ドリルヘアーでいかにもプライドが高そうなお嬢様《じょうさま》とその他の取り巻き大勢。

ははぁ、ああいうのもいるんだ。もちろん二本の杖常備で、その色合いは赤とピンクで目が痛い。

しかもなんかバラがついてる。そのオプションって必要？

「シャ、シャルンテ様だ」

「相変わらず嫌な女……」

「シッ！　聞かれたら何されるかわからないよ！」

もちろん周囲からの評判もよくない。あんなの報酬とは縁《えん》がなさそうだし、どうか絡《から》んできませんように。

シャルンテは前髪《まえがみ》をかきあげてから、改めて私たちを冷たく見渡《みわた》した。

「あなたたちのような平民がクリード王子に近づこうなんて、図々《ずうずう》しいにも程《ほど》がありますわ。帰りなさい」

当然、誰も動こうとしない。

明らかにイラついたシャルンテが杖で床《ゆか》を打つと、乾《かわ》いた音がした。その威力《いりょく》なら大したことないですね。

「聞こえなかったのかしら？　平民風情《ふぜい》はお帰り、と言ったのですわ」

「シャルンテ様は侯爵令嬢。クリード王子と釣《つ》り合うのはこのお方だけよ」

「わかったらそのブス面《づら》を引っ提《さ》げて帰りなさい」

取り巻きのイキりがすごい。びびったのか、中にはすごすごと帰る人たちが出始めた。

それに満足したのか、シャルンテは偉そうにまた歩みを進める。だけど途中でルーシエちゃんと目が合った。

「あら、誰かと思えば田舎《いなか》町の貧乏貴族じゃない。とっくに野垂れ死んだと思いましたわ」

「……お久しぶりです」

「国に何一つ貢献できない薄汚《うすぎたな》い貧乏女がクリード王子に近づこうなんて……浅ましいですわッ！」

「うぁッ……！」

ルーシエちゃんがシャルンテに杖で頬《ほお》を殴《なぐ》られて倒れた。

お父さんのダクマンさんに起こされながら、頬を押《お》さえている。

「あのお方に相応《ふさわ》しい女はわたくしと決まってますのよ！　あなたのような家畜《かちく》の肥料にすらならない女に――」


新たなミッションが発生！
・シャルンテを討伐する。報酬：エンチャントカード・傲慢《ごうまん》

「つぁりゃぁぁッ！」

「うげごふぉッ！」

ミッション達成！　エンチャントカード・傲慢を手に入れた！
効果：ステータスの合計値が１０００以上の時、攻撃を受けた時に確率で一定時間無敵になる。

シャルンテが杖の一撃で倒れたと同時に報酬ゲットォ！　これ良さげ！　良さげ！

「ミリータちゃん！　これどうする？　誰が使う？　カードって悩《なや》みどころがあっていいよねぇ！」

「これはオラ……いや、フィムちゃんかなぁ？」

「いえいえ！　これはぜひ師匠が使うべきです！」

速さが低くて防御《ぼうぎょ》が高いミリータちゃんが適任かな？

いざとなったらこれを盾《たて》にして斬り込んでもらえるし――――ん？　なんか静かだね？

「シャ、シャルンテ様……」

「あ、あなた！　いきなり何をなさるのかしらッ！」

私、またやっちゃいました？

＊　＊　＊

「ルーシエちゃん、ヒール」

「あ、ありがとう……ございます」

殴られたルーシエちゃんを超久しぶりのヒールリングで癒《い》やしてあげた。腫《は》れていた頬が元通りになって、お父さんも安堵《あんど》している。

さて、この場はすっかり騒然《そうぜん》としていた。いったい誰のせいでこうなったのかな？

「シャルンテ様！　しっかり！」

「うぅ……」

「そこのあなたッ！　こんなことしてどうなるかわかってるの！」

取り巻きたちが般若《はんにゃ》みたいな顔で私を威嚇《いかく》してくる。

冷静に考えたら相手に非があったとしても杖で殴りかかるのはダメだ。

しかも相手は侯爵令嬢。ブライアスさんの時みたいになんだかんだでいい感じに収まらないかな？

いや、ダメっぽい。騎士たちが集まってきて、すっかり囲まれた。

「そこを動くな！」

「城門前でいい度胸だな！」

どうしよう。討伐ミッションが出ない。じゃあ、逃《に》げる？

目の前に報酬がありながら、逃げるなんてとんでもない。

ぶちのめす？　だるい。

「何とか言ったらどうなんだッ！」

「師匠、戦いましょう！」

「滅多なこと言わないで……あっ！　ちょっと拘束《こうそく》とかやめて！」

騎士たちが私たちに詰《つ》め寄って、力ずくで押さえてきた。

私が悪かったけど、そこに報酬があるんだよ？　仕方ない。こっちも強行突破《とっぱ》――

「騒《さわ》がしいと思ってきてみれば、何をしている」

「ク、クリード王子！」

颯爽《さっそう》と現れたのは金髪イケメンの王子だ。マントを翻《ひるがえ》して、なかなかの格好つけだと思う。この人が杖を二本持った少女を探し求めていた人か。

「こちらの少女がシャルンテ様に暴行を加えたのです」

「シャルンテ！　これは……」

倒れてのびているシャルンテをクリード王子が観察する。

さすがの取り巻きたちも微動だにせず、そしてクリード王子に見とれていた。

なんか目がハートになってる。報酬じゃあるまいし、その感覚はわかりません。

「シャルンテはその辺の人間に倒されるほど弱くない。なるほど……やはりそうか」

「クリード王子？」

「そこの君！　やはり君がそうだ！」

つかつかと私のところに来た王子がものすごい勢いで距離《きょり》を詰めてくる。なになに、報酬？

「会いたかったよ、マイプリンセス」

「なんて？」

「あの時、助けてくれてありがとう。ほら、岩のゴーレムの時だ」

「いわのごーれむ？」

いつだろう？　そういえば前にそんなのを倒した時に誰かいたような？

報酬でそれどころじゃなかったけど、間接的に助けた形になっていた？

それが王子？　なんであんなところに王子が？

「君から来てくれて嬉《うれ》しいよ。あの時の礼を言えなかったからね」

「報酬ですか？」

礼と言えば報酬だ。昔から感謝の気持ちは形からって言うからね。

「なによ！　あの女！　王子に向かって失礼ね！」

「そうよ！　クリード王子、騙されてます！」

「死ね！」

外野の野次《やじ》がすごい。あと今、誰か死ねって言った？

そっか、あそこに王子がいたと私が気づけばこんな手間をかけずに済んだのか。あのお触れは私を探していたわけだ。

もう少しマシなやり方はなかったのかなと思わなくもない。それより報酬。

「実は僕から君に伝えたいことがある」

「報酬ですか？」

「僕のプリンセスになってほしい」

「報酬じゃないんですか？」

私の疑問をよそに、周囲が静かになった。なに？　失言しちゃった？

「僕のプリンセスになってほしい」

二回も言われた。

ボクノプリンセスニナッテホシイ？　えっと、そういう名前の報酬なのかな？

ボクノ？　プリン？　セス？

そういうアイテム名？

「もちろん今すぐに返事がほしいわけじゃない。これから時間をかけてゆっくりと話し合おう」

「……報酬は？」

「報酬？」

「お触れ、出しましたよね？」

「……あ」

あ、じゃなくてね？　なに、もしかしてそんな下らないことを言うためにお触れを出した？　報酬は釣り餌《え》？　ホントに？

「き、君は僕との結婚に魅力を感じないのか？」

「つまり私がお姫様《ひめさま》の地位を目当てにやってきたと？　王子はそう仰《おつしや》るのですね？」

「あ、いや……違うなら、失礼だった……」

「私がここでハッキリさせたいのは報酬がマイプリンセスなのか？　それとも他にあるのか？　それだけです」

静かになっていた場が少しずつ騒がしくなる。

王子も王子で何も答えない。絶句して固まってる。あの？

「ちょっと……何よ、あの女ァァァッ！」

「クリード王子から求婚されるなんて！」

「ありえない！　しかもあの態度ォォォ！」

「死ね！」

一気に罵声《ばせい》を浴びせられた。あと今、誰か死ねって言った？

正直なところ、怒《おこ》りたいのは私のほうだ。

お触れに書かれていた報酬も出さず、いきなり求婚とかしやがって。

「もう一度、聞きたい。君は僕の地位に魅力を感じないのか？」

「何一つ感じません」

また王子が絶句した。ホント何なの、この人。

「お、おぉ……こんな人は初めてだ……ついに、ついに……」

「つまり報酬はマイプリンセスということでいいんですか？」

「……そのつもりだった。でも」

「ちぇりゃぁぁッ！」

「ぐうぉッ！」

私が杖で突きを放つと、王子はどしゃりと倒れた。片手で杖を振り回して、そして床に叩《たた》きつける。

「報酬もないこの感触《かんしょく》、まったくもって不快です」

杖で砕け散った床材の破片《はへん》が飛び散って、騎士たちの足元に転がる。

王子に駆け寄る騎士たちを尻目《しりめ》に、私の怒《いか》りは頂点に達した。そして騎士たちがやってきて、倒れている王子を見るなり血相を変える。

「王子！」

「おい！　そこの女！　お前の仕業《しわざ》か！」

「あ？」

「うッ……！」

睨《にら》み返すと騎士たちが怯《ひる》む。杖を振ると、風圧で騎士たちがのけ反った。

「で、報酬は？」

もう一度、杖で床を破壊《はかい》したところで騎士たちはまた怯んだ。とっととその王子を起こして報酬を用意させて？

＊　＊　＊

「か、彼女に手を出すな！　僕が許可しない！」

ヒールをかけるとようやく王子が目覚めて、杖で突かれたお腹《なか》を押さえながら騎士たちに命令した。

納得いかない様子だけど、これ以上報酬に無関係の騒ぎを起こすならどうしてくれようか。

王子が私の前に立って、頭を下げた。

「す、すまない。君の尊厳を踏《ふ》みにじるような恥《は》ずべき行為《こうい》だった……」

「はぁ……それで報酬は？」

「そうだな……。君と出会えた奇跡《きせき》を祝福して、フォーススターをプレゼントしよう。魔攻を飛躍《ひやく》的に高めてくれるアクセサリだ」

「言い方はアレだけど、それ嬉しいです」

私はクリード王子を誤解していた。ただの下心野郎《やろう》だと思っていたけど、この人は道理をしっかり理解している。

報酬を釣り餌にしていたなんて、とんでもない。そんな印象を持つ人がいたらお目にかかりたいよ。

私がクリード王子を心の中で褒めていると、また外野が騒ぎ出した。

「な、なによ。あれだけのことをしておいて、なんで許されてるの？」

「クリード王子！　どういうことか、説明をお願いします！」

「探していた少女は見つかった。君たちにも迷惑《めいわく》をかけたな。お詫《わ》びに後日、パーティに招待するよ」

「まぁ！　それなら大歓迎《だいかんげい》です！」

クリード王子がにっこりとほほ笑むと、女性たちはふらついた。

ちょろくない？　鶴《つる》の一声というべきか、ゾロゾロと帰っていった。

未だ目が覚めないシャルンテお嬢様もしっかりと背負われて、この場は片付く。

「改めて、マイプリンセス。僕と結婚してほしい」

「また振り出しに戻ります？」

「君のような自由奔放《ほんぽう》で誰にも媚びない少女は初めてだ。僕の周りには昔から媚びる人間ばかりで」

「帰りまーす」

「ま、待ってほしい！　今日は城に泊まって」

「帰ります」

「ならば、せめて宿の手配くらいはさせてくれ！　ここ、王都でも最高級の宿だ！」

「それを早く言ってくださいよ」

さすがは王族、けじめのつけ方と報酬というものを理解している。こういう人が国のトップになれば未来は明るい。

結果的に報酬も貰えたし、今日の機嫌も悪くなかった。

＊　＊　＊

「ここ、貴族が宿泊《しゅくはく》する超高級宿だ……」

無駄に大きい部屋とベッド、王都を一望できるし見晴らしもいい。

素敵《すてき》な王子様のおかげで私たちは身の丈《たけ》に合わない宿に泊まることができた。まぁエリクサーを売れば余裕《よゆう》で泊まれるけどね。

資金管理はミリータちゃんに任せてるし、無駄使いはビシッと指摘《してき》してくるからいつもはこんな贅沢《ぜいたく》できない。

「それにしてもマテリが王子様から求婚されるとはなぁ」

「冗談《じょうだん》じゃないよ。結婚とかどうでもいいし、ましてやお姫様なんて考えただけでゾッとするよ」

「ま、お姫様に憧《あこが》れるって柄《がら》じゃねえなっ！」

「クリア報酬に代えられるものなんてこの世にない」

王子様の結婚相手なんて腐《くさ》るほどいるんだから、あの中から選んでほしい。

さて、そろそろミッション疲《づか》れが出てきちゃったかな。すでに寝息を立てているフィムちゃんを見ていたら、私も眠《ねむ》くなってきちゃった。

「あー……もう疲れた。早めに休むかな。そういえば、前にこうしてのんびり休んでいたら変なのに襲撃《しゅうげき》されたっけ」

「そんなこともあったなぁ」

「あの時と違って今は」

ミッションが発生！
・テホダマーを討伐する。報酬：古代魔道士のタトゥー

「誰ぇぇぇぇああああぁ――――！」

部屋のドアを開けると、廊下《ろうか》の奥から人が歩いてきた。黒いローブに身を包んで、刺客《しかく》全開じゃないの！

「なに⁉　気づかれただと！　マジックアローッ！」

「ホームラァァンッ！」

「か、かき消した⁉」

光の矢みたいなものを杖で打ち消した。高級宿の広い廊下を走って、黒ローブを目指す。

せっかく休んでいた時に興奮させてこのこのこのこのこの。

「ゼロ距離ファイアボォォォォル！」

「ぐあぁぁあッ！」

火に包まれた黒ローブが倒れて転げ回った。これで許すと思う？　私はそいつを杖でひたすらぶっ叩く！

「火消し火消し火消し火消しィィィ――――――！」

「あ、あがッ……」

「マテリ、もう終わってる」

ミッション達成！　古代魔道士のタトゥーを手に入れた！

効果：魔法攻撃時、一定確率で一定範囲の敵に追加のダメージを与える。


なにこれ早く試《ため》したい！　あぁもう、せっかく寝ようと思ったのにぃ！

「師匠！　敵ですか！」

「起こしちゃったか。うん、そうみたいだね」

ボロ雑巾《ぞうきん》みたいになってるこいつは何者だろう？　魔法を使ってたし、この見た目は魔道士っぽい。

「マテリ。こいつ、魔道士協会のエンブレムをつけてる」

「まどーしきょうかい？」

「魔道士たちで結成されたギルドだ。世界各地に拠点《きょてん》があって、所属している魔道士は様々な保障を受けられる」

「なんでそんなもんが私たちを狙うんだろう」

魔道士協会。ミリータちゃんがきっちり説明してくれた。

各国にとってスポンサーでもあり、そのおかげで国内に堂々と居座っている。

一部の税金なんかも免除《めんじょ》されたり安くなることから、魔道士なら所属しない手はないらしい。

一方で魔法至上主義の理念を掲《かか》げていて、その思想が行き過ぎて問題になることもあるとか。

魔法は神がもたらした奇跡の力と信じていて、選民意識も高い。そのせいか、魔法効果があるアイテムを世界各地から強引《ごういん》な手段で回収しているという噂《うわさ》があるみたい。

「つまり私のアイテムを狙った？」

「それにしては仕事が早すぎなのが気になる。オラの勘《かん》だが、誰かが依頼《いらい》したんでねえか？」

「誰かって一体」

ミッションが発生！

・シャルンテを討伐する。報酬：大天使の輪

了解《りょうかい》しました。これより宝の山に向かいます。

＊　＊　＊

「シャルンテ様、お湯加減はいかがですか？」

「よろしくてよ」

シャルンテは侯爵令嬢だ。父親は彼女に甘くて、娘であるシャルンテが望めば何でも買い与える。母親は絶世の美女と評判で、非の打ちどころのない家族と囁《ささや》かれていた。

シャルンテ自身も幼い頃《ころ》から様々な作法を学び、護身術などを心得ている。学ぶ環境《かんきょう》、学ぶ以外で与えられる環境。そして美貌《びぼう》。すべてを兼《か》ね備えた彼女だが父親曰《いわ》く、スキルが心配だった。し

かしその心配は杞憂《きゆう》だった。

「あぁ、シャルンテ様……水も弾《はじ》くお肌《はだ》……何よりも目の保養になります……」

「フフフ……」

このバスルームにいる召使いたちはシャルンテの虜《とりこ》だ。彼女のスキル、魅了は老若男女《ろうにゃくなんにょ》問わず従えさせられる。そしてバスルームを出れば、彼女好みの男たちが待っていた。

着替《きが》えを済ませてから、シャルンテが部屋に戻れば——

「シャルンテ様！　ご入浴、お疲れ様です！」

「肩をお揉《も》みしましょう！」

「ルワール産の四百年もののワインはいかがですか？」

シャルンテが腰かけるソファーの周囲に、七名の男たちがいた。彼らはシャルンテの虜、どんな命令にも従う。

「あの魔道士はうまくやりましたの？」

「テホダマーは魔道士協会エクセイシア王都支部きってのスピード魔道士。暗殺に適した人物です。ご期待通りの結果を見せてくれるでしょう」

「馬鹿《ばか》となんとかは使いようですわね。魔道士協会、最初は非協力的でしたのに……」

「シャルンテ様のお供よりもたらされた情報、あれ一つで目の色を変えたのは実に滑稽《こっけい》です」

シャルンテは昼間、自分に暴行を加えたマテリを恨《うら》んでいた。マテリのことを思い出しただけで、はらわたが煮《に》えくり返っている。

しかし今は少しだけ冷静に考えていた。マテリが持っていたものについて、シャルンテが連れていた下僕《げぼく》が目にしている。下僕の一人が目にしたのは、あのマテリが持っていた杖だ。

それは焔宿《ほむらやど》りの杖、持てば誰でも中級魔法が放てるというとんでもない杖だとシャルンテは下僕に教えてもらった。そんなものを魔道士協会が欲《ほ》しがらないわけがないとシャルンテは確信している。


「なぜ平民女があんなものを持ってるのかしら？」

「薄汚い平民のことです。大方、どこかから盗《ぬす》んできたのでしょう」

「きっとそうですわ。あれは侯爵家が全資産を投資してようやく手に入れられるかというもの……。クソ平民女、本当に意地汚くて薄汚いですわ」

「シャルンテ様に暴行を加えたばかりか盗みも……。しかし今頃、テホダマーの手で葬《ほうむ》られてるでしょう」


なぜ貴族が貴族でいることができるのか。貴族たる者には地位があり、金があり、力があるからだ。だから成せる。平民の一人や二人、消すくらい訳がない。シャルンテはそう考えていた。

現実を理解できない平民に教えてやるのも自分たちの務めであり、持っている人間はすべて持っているということをシャルンテは自覚している。

スキル至上主義であろうと、自分のスキルである魅了は条件さえ満たせばどんな人間でも手中に収められると思っていた。しかしクリードはシャルンテに振り向かない。

「わたくしのほんの一部でも美しいと思えば、あなたたちのように即《そく》魅了……」

「シャルンテ様。誤解でございます。私たちはスキルなどであなたに見惚《みと》れたわけではありません」

「あら、言うじゃありませんの」

「あなたという高貴な人柄に、自ら確信をもって惚《ほ》れたのです。失礼ながらクリード王子はそれを見定める域にいないのでしょう」

「ウフッ、ウフフフ……そう、そうですわね」

シャルンテは自分の美貌をもってすればすべてが叶《かな》うと思っている。

美もスキルも地位も資産もない、力が強いだけで何の教養もない野蛮《やばん》な平民がクリード王子に近づくことが許せなかった。

「思い出したら腹が立ってきましたわ。テホダマーとかいう魔道士、きちんと」

突然、外から轟音《ごうおん》が鳴り響《ひび》く。

「な、何事ですの！」

「賊《ぞく》です！　賊が屋敷《やしき》の正面から攻《せ》めてきました！」

「賊ですって！　警備は何をしてますの！」

「ただ今、対応に当たっております！」

シャルンテの屋敷の警備員は決して弱くない。父親が厳選した精鋭《せいえい》の者たちは騎士団にも負けていなかった。

これまで何度か賊が侵入《しんにゅう》してきたことがあるが全員、殺されるか無期限の鉱山労働で過労死している。今回の賊も同じ運命を辿ると思っていた。

「うあぁあぁ――――！」

「ひぎぃ！」

「な、なんですの？　なぜ悲鳴が聞こえますの！」

「シャ、シャルンテ様……お逃げください……。悪魔、悪魔が……」

警備の一人が青ざめた顔をして報告にやってくる。

悪魔どころか魔王だろうとこの侯爵令嬢である自分を脅《おびや》かせるはずがない。権力に逆らえばどうなるか。すぐに身をもって思い知るはずだとシャルンテは余裕で構えていた。

「下らない報告など必要ありませんわ。とっとと賊をどうにかしなさい」

「あ、あの強さは王国騎士団でも手に負えません！　この国の存続の危機ですらあります！」

「馬鹿なことを言ってないでとっとと」

その時、部屋の扉《とびら》が木《こ》っ端《ぱ》みじんになった。そこに立っていたのはシャルンテが憎悪《ぞうお》していた平民の少女だ。

「あ、そ、それって……」

少女が片手に持っているのはシャルンテの父親と母親だ。ボロ雑巾のようになって、二人ともガウンごとぶら下がっている。

「ごきげんよう、シャルンテお嬢様？」

「あ、あ、い、いや……」

シャルンテは現実を理解して、体の芯《しん》が冷えて震えが止まらなかった。

＊　＊　＊

数人の男をはべらせたお嬢様が薔薇《ばら》の柄で埋《う》め尽《つ》くされた悪趣味《あくしゅみ》なパジャマを着て慌《あわ》てふためい

ている。

私が片手に持っているのはあのお嬢様の父親と母親だ。娘について問い詰めたらシラを切るどころか、グダグダと言い訳して罵《ののし》ってきたからぶちのめした。

何の報酬の足しにもならなかったせいでイライラが止まらない。

「やっと見つけたよ」

「こ、この、平民女！　わたくしを誰だと思ってるのかしら！　あなたたち、ボサッとしてないでやっておしまい！」

取り巻きの男たちの目つきが変わって、それぞれ武器を持って襲いかかってきた。

これも何の報酬の足しにもならない。

「ちぇいやぁぁ――――――！」

「ぐあぁぁッ！」

「うがぁッ！」

「うぎっ……！」

全部、杖で殴り倒した。だから無報酬は黙《だま》ってて？

どれだけ無報酬どもを頼りにしていたのか、シャルンテお嬢様はまた青ざめて逃げ腰《ごし》だ。

「あ……そ、そんな……」

「ようやく宝に出会えたよ」

「た、宝？」

「でも無駄が多かったからなぁ。ちょっとだけイライラしてるよ」

テホダマーとかいう魔道士は報酬になってくれたし、このシャルンテお嬢様もそうだ。だけど無駄は嫌《きら》いです。そもそもこんなにミッションが送り込まれ、いや。刺客が送り込まれるなら自分から出向こう、と。

宝の山だなんて思ったけどさ。実際に来てみればミッションにすらならない警備やこのお嬢様の両親、ここまで来るのに本当にストレスだった。

「こ、こんなことして、あなた、どうなるか……ぎゃんっ！」

「知らないよ。これ以上、イライラさせないで」

杖で一発ぶっ叩くと、情けない悲鳴を上げて倒れた。這《は》いずって逃げようとするけど、目の前に杖を叩きつけて床を破壊すると止まる。

「こ、この、国に、いられなく、なりますの、よ……うぎゃぁッ！」

何も聞こえない。二度目の一撃でシャルンテお嬢様はついにほとんど喋《しゃべ》ることすらできなくなった。

「あなたの討伐ミッションはちょっと無駄が多いからね。以後、二度と邪魔《じゃま》しないでね？」

「は、はい……」

「もっと大きな声で」

「はいッ！　もう、もう二度とあなたの邪魔はしませんわ！　だから助けてッ！」

「ていやぁッ！」

「ぎゃうんっ！」

ミッション達成！　大天使の輪を手に入れた！
効果：絶対に即死しない。悪魔系の敵と戦った時、敵のステータスを大幅《おおはば》に下げる。

即死!?　ＲＰＧだとお馴染《なじ》みだけど、確かに現実に降りかかると怖《こわ》い。

あっちと違ってやり直しなんかできないからね。こんな貴重なものが手に入ったし、少しはこのボンクラお嬢様も役に立った。

さて、これで終わりにするわけがない。こんなものがのさばっていたら私も困るから、この後が重要だった。

＊　＊　＊

「クリード王子。この家族なんですけど」

ズタボロになったシャルンテお嬢様と両親をクリード王子の前に突き出した。

簡単に王の間に案内してくれてよかったかな。

私が両手に両親、ミリータちゃんがシャルンテお嬢様をそれぞれ雑に持っている。ついでに縛《しば》りあげたテホダマーも転がしてみせた。

そういえばここに来る前、門番に話しかけたら一瞬で中に入れてくれたっけ。

どうもクリード王子からは私が訪ねてきたら入れるように言われていたらしい。

すごい敬語とか使ってくるし怯《おび》えている。さて、一体何があったのかな？

「たぶん黒いことやってると思うから調べてみてほしいんです。あとこっちもですね」

「そ、そいつは魔道士……。まさか魔道士協会か？」

「はい。私に刺客を差し向けてきました。魔道士協会ってこういう依頼も引き受けるんですか？」

「いや……。我々をバックアップしてくれる者たちだが……」

王の間にいるのは王様と王妃《おうひ》、クリード王子だ。

魔道士協会はこの国のスポンサーで、王族も頭が上がらないらしい。それだけに今一度、テホダマーをこの人たちの前で自白させた時は本当に驚《おどろ》いていた。そして口を開いたのは王様だ。

「なんてことだ……。しかもあろうことか侯爵家が……。マテリといったか。話はクリードから聞いておる。こやつがそこまで熱を入れる少女と聞いて、どれほどかと思っていたが……」

「聞きしに勝《まさ》る勇猛《ゆうもう》な少女です。あなた、これは決まりですね」

「そうだな……認めざるを得ん」

はい？　この王様と王妃、なんて？　なんか嫌な予感しかしないんですが？

「マテリ、そなたをクリードの婚約者として認めよう」

「話とか聞いてました？」

「もちろんすぐにとは言わない。お互《たが》い、親睦を深める時間も必要だろう」

「私が認めないいんですけど？」

「な、なんと！　断ると申すのか⁉」

むしろなんでＯＫすると思った？

ファフニル王国といい、この世界の王族ってこんなのばっかりなの？

「父上、母上。こちらのマテリは気高く、王子の僕とて簡単に受け入れる少女ではないのです。ですが僕の意志は変わりません」

「うむ、実際に会ってみてますます気に入った！　これほど媚びず、気骨ある少女はいないだろう！」

「父上！　わかっていただけましたか！」

「もちろんだ！　クリードよ、決して諦《あきら》めるでないぞ！」

勝手に盛り上がる王族どもに、私は杖から何か放とうかと考えてしまった。

隣《となり》でミリータちゃんは笑いを堪《こら》えているし、フィムちゃんは目を輝《かがや》かせて口に出さずともわかる。

言っておくけどさすが師匠もクソもないからね。

それはそうと、なんとなく今後の指針が決まったのはよかった。魔道士協会ねぇ？

＊　＊　＊

「バストゥール様、テホダマーがしくじったようです」

それはエクセイシア王国の魔道士協会支部長バストゥールの耳に入ってはいけない報告だった。

本部長より支部長に任命されるということは、魔道士としての格が認められたということ。魔法という神の力を授かりし者として、更に上のステージにいけたことになる。

これは魔道士として誇《ほこ》るべき功績だと、支部長のバストゥールは自負していた。

「……で？」

「あ、あのスピード魔道士と呼ばれたテホダマーがしくじった相手ですが……。例の少女です」

「ほぉ……」

侯爵家から焔宿りの杖を所有する少女がいるという情報を提供されて、バストゥールは半信半疑だった。テホダマーならば間違いないと考えていたからだ。

しかし、スピード魔道士と呼ばれた彼が負けたのが事実であればバストゥールは失望する。同じ神の力を授かりし者として、テホダマーには制裁を加えねばならないと考えていた。それはいずれの話として、今は別の話題だ。

「焔宿りの杖の所有者というのは確かだろうな」

「はい。すでに裏は取っております。どこで手に入れたかはわかりませんが、由々《ゆゆ》しき事態です」

「だよなぁ？　何せ神の力を、選ばれもしなかった者が振るっている。許せんよなぁ？」

「は、は、はい……あ、あの！　おやめください！」

バストゥールが怒りで魔力を解放してしまった。彼はこれを神から授かった力と考えている。

神の力である魔力を駆使《くし》して作り出した魔法障壁《しょうへき》により圧された部下が苦しそうだった。バストゥールは自分の結界魔法に酔いしれている。

「我々があれほど探しても見つけられなかった焔宿りの杖をよくも……。あれの存在を認めるわけにはいかん」

「バストゥール様！　かくなる上は私が！」

「待て。テホダマーがしくじった相手だ。私は慎重派《しんちょうは》でな、こういう場合は外堀《そとぼり》から攻める」

「と、言いますと？」

「各貴族が専属としている魔道士に通達しろ。奴らの口から雇《やと》い主にこう伝えさせるのだ。『焔宿りの杖は国を支配できる』とな」

バストゥールの部下が絶句した。魔道士協会の支部長であるバストゥールは貴族さえ従えられると高をくくっている。

貴族はほとんどが手段を選ばずして成り上がった強欲《ごうよく》どもであり、その欲には際限などない。少し刺激してやれば、どうとでも動くだろうというのがバストゥールの見解だ。

クリードのお触れがいい例で、平民すら巻き込んでの大騒動《だいそうどう》だった。このように、少し囁くだけで事態は動く。バストゥールはほくそ笑んでいる。

「バストゥール様……恐れ入ります。さすがはエクセイシア支部長に任命されたお方です」

「神の力を宿す者として、あらゆる点で抜《ぬ》きん出てなければいけない。この神の力を闇雲《やみくも》に振るうだけではいかんのだ」

「はい……。そうするとやはり、焔宿りの杖は放置しておけませんな」

「そうだ。あんなもので神に選ばれたと勘違《かんちが》いされては困る。特に凡人《ぼんじん》に力など毒でしかない」

バストゥールは膨大《ぼうだい》な魔力を宿す身だからこそ実感している。

もしこれを凡人が手に入れてしまったらどうなるか？

当然、力に呑《の》まれる。そして向かう先は私欲だ。己《おのれ》の私欲を満たすために力を振りかざして、より自らを誇示《こじ》する。

それが神の力としてあるべき姿か？　そんなことは許されない。バストゥールは魔力、そして魔道士というものにそれほどの誇りを持っていた。

「神の力……。確かにこの力が怖くなる時があります。自分のような人間が宿していいものか、と」

「だがお前は選ばれた。それがすべてだ。王都を見渡してみろ。何人が選ばれている？　どいつもこいつも、その日を惰性《だせい》で生きるだけの傀儡《かいらい》同然だ。神の力なき人生などそんなものよ」

「確かに……。だからこそ、私はここにいる。魔法という力をもって、世界を意のままに操ることができる」

「その通り。現にこの国も、我々の思うがままだ。魔法という力で得た収益を少し回してやるだけで尻尾《しっぽ》を振って言うことを聞く」

王子のスキルで恐れられているエクセイシアは魔法に屈《くっ》している。バストゥールはそう解釈《かいしゃく》していた。

スキル至上主義を掲げている国も、それは魔法という神の力を理解できない凡人の浅はかな思想に過ぎない。魔法は多種多様、これからいくらでも研究が進む。

対してスキルは個人が保有する単一的なものであり、そこに成長の余地はない。つまり頭打ちだというのがバストゥールの見解だ。

クリードもそれがわかっているから父親の言うことを聞いており、彼自身もいかに強大なスキルを保有しようと魔法には敵わないと見ている。

そんなクリードの人物像を想像して、バストゥールは賢明《けんめい》な男だと評していた。

「ではさっそく伝達しろ。まずはボロモッケ伯爵《はくしゃく》の専属であるラウクドだ」

「あの暗雲魔道士ですか！　わかりました！」

「次はアコギ子爵の専属であるマリアーナ。深水の異名は伊達《だて》ではない」

「あのかつて盗賊《とうぞく》団を陸で溺《おぼ》れさせた魔女……。人がもがく姿で快楽を感じるという……」

すべて国内にいる魔道士協会所属の魔道士だ。彼らにかかれば、焔宿りの杖を持つ少女はすぐに思い知る。いかに己《おの》が身の丈に合わない力を持ってしまったか。

だがそこに気づいた時にはすでに遅《おそ》い。神の力は選ばれし者のみが持つ。そうでなければいけない。

バストゥールがそう酔いしれていた時のことだ。

「バストゥール支部長！」

「なんだ？　入れ」

一人、息を切らして支部長室に入ってきたのは若手の魔道士だ。また魔法実験の失敗かとバストゥールは呆《あき》れる。

「ボ、ボロモッケ伯爵が収賄《しゅうわい》の容疑で連行されました！」

「な、なんだと！」

「その際にラウクドさんが瀕死《ひんし》の重傷を負《お》っておりまして……ボロモッケ伯爵もよほど恐ろしいものを見たのか、幼児退行して話にならないそうです」

「バカな！　一体何が起こった！」

バストゥールは耳を疑った。そしてもう一人、新たな魔道士が入ってくる。

「ほ、報告します……。アコギ子爵が連行されました……。人身売買に関与《かんよ》していたとかで……」

「……マリアーナがいるだろう？」

「ボ、ボロ雑巾のような姿で……」

バストゥールは現実を受け入れられなかった。何がどうなっているのかとひたすら困惑《こんわく》するが、この事態は変わらない。

よろよろと倒れそうになったバストゥールを部下が支えた。

＊　＊　＊

サンダーグローブを手に入れた！
効果：サンダーブリッツが使用可能。何度でも使える。
水神のストールを手に入れた！
効果：防御＋30　魔防＋１５０　ウォーターガンが使用可能。何度でも使える。

「何度でも使えるぁぁぁ――――！」

「フィムちゃん、このストール似あうべ――――！」

「ああありがとうございますぅぅぁぁあ――――！」

本日、二件目の貴族狩り。じゃなかった。訪問したおかげで二つもすんごいアイテムが手に入った。

あの王族たちが黒いことをやってる貴族をピックアップしてくれたおかげで報酬が捗《はかど》る。

ただシャルンテお嬢様のタカビーシャ家みたいに、警備隊による討伐のミッションが発生しないのがネックだった。

「そうこうしているうちにすっかり深夜だね」

「今日はもうファフニルの王都に転移して休むか？」

「そうだね。それ！　転移の宝珠《ほうじゅ》！」

これで私たちはファフニル国の王都へ一瞬で移動できた。この日はこっちの王都で宿をとって休むことにする。

そして寝る直前、フィムちゃんが神妙な顔つきで相談を持ちかけてきた。報酬のことならいくらでも。

「師匠、一ついいですか。隣国のエクセイシアの件についてです。おかしいと思いませんか？」

「おかしい？　確かに報酬の羽振りはいいけど……」

「私たちが最初に襲われた時のことを思い出してください。宿であれだけの騒ぎを起こしたのに宿の人や衛兵がやってくる気配がありませんでした。他のお客さんはちらほら見にきてましたが……」

「そうだっけ？」

夢中で覚えてない。フィムちゃん、あの時は途中から起きてきたにもかかわらずよく見てるなぁ。

「そして各貴族に雇われている魔道士……。あれも魔道士協会の魔道士でした。そして魔道士協会はこの国をバックアップしている……つまりどういうことかわかりますか？」

「わかるよ」

「さすがは師匠……。エクセイシアでは現在、魔道士協会がかなり幅を利《き》かせています。それも宿の騒ぎも揉み消せるほどの……」

「うんうん」

フィムちゃんは偉いなぁ。普段から真面目《まじめ》だから、そういうことをちゃんと考えてる。

まぁそんなところだと思ったけどね。だからこそ、今の私たちはこうしてる。

「師匠。私たちはとんでもない相手と戦っているのかもしれません。一度、クリード王子と相談してはどうでしょうか？」

「いや、私に考えがあってね」

「お考えですか！」

つまりこういうことだ。

確かにエクセイシアの王都内にある支部に突入すればミッションが発生するかもしれない。

だけどもしそこで支部を潰《つぶ》してしまったら、どうだろう？　あの王子のことだから、徹底《てってい》的に魔道士協会をやっつけるはずだ。そうすると魔道士協会支部がなくなって、ミッション発生の可能性が潰《つい》える。だから転移の宝珠を利用してヒット&アウェイをしていた。

「魔道士協会はわざと泳がせているよ。そんなに私を狙いたいならどうぞ」

「し、師匠！　それは危険では！」

「大元だけ狙ってもしょうがないよ。おいしいところは他にもあるからね」

「おいしいところ……」

黙っていても私のところへ報酬がやってくる。これって素敵だよね？

魔道士協会を潰すなんてとんでもない。できるだけ報酬をいただいておきたいんだから。

「わかりました、師匠。おいしいところ……つまり他に弱点のようなものがあるということですね。確かに頭を叩けば終わりというのは早計でした」

「わかってくれたんだ。よかった」

「やるなら徹底的に。また一つ、師匠から教わりました。ボクはまだまだ修業不足です」

フィムちゃんと話してると、何をどうやってもこうなるからもうこれでいい。

それはそうと、これで魔道士協会がムキーッてなってくれたら最高だ。

もっと来なさい、報酬たち。こいこいこいこいこいこい！

＊　＊　＊

「例の少女が見つからないだと？」

バストゥールの耳に入ってきたのは依然《いぜん》として進展していないという情報だった。

二つの貴族家が襲撃されてから数日が経《た》つ。少なくとも王都内で何かあれば、確実に私のもとに入るはずだった。王都から出たという情報もなければ滞在場所も不明であり、バストゥールは不安に駆られた。

「見つからないはずはないだろう！　お前たち、それでも神に選ばれし者か！」

「し、しかしこうも影《かげ》も形も見せないのでは手の打ちようがありません」

「まったく、いきなり消えていなくなったわけでもあるまい。必ずこのエクセイシアの王都内にいるはずだ」

「ハッ……。それともう一つご報告が……」

今度は何だと言うのだ、バストゥールは舌打ちをする。

神に選ばれし者たちが一人の少女に翻弄《ほんろう》されている事実が、バストゥールにとって屈辱《くつじょく》だった。

「王宮内の動きが不穏《ふおん》です。王家が魔道士協会に不信感を持ち始めて、近いうちに我らからの資金援助《えんじょ》を拒否《きょひ》する方向で決まったようです」

「なに！　バカなことを！」

「宮廷《きゆうてい》魔道士のパイスからの情報です……」

「やはりテホダマーの件が響いたか？　いや、それにしても奴らとて資金援助がなければ困るはず。何が起こっている？」

なぜ神に選ばれし自分たちがここまで翻弄されなければいけないのか？

少女は何者なのか？　神か魔王か？

このバストゥールは悩んだ末、切り札を使うことにした。

「切り裂《さ》きジグソーを呼べ」

「バ、バストゥール様。それはさすがに……」

「わかっている。確かに奴は危険だ。だがこうもおちょくられたままではいかんだろう」

「……しかし」

バストゥールの部下が躊躇《ちゆうちよ》するのも理由があった。

とある国の町で百人の命が奪《うば》われた通称《つうしよう》、百裂《ひやくれつ》事件。死体がまるでパズルのピースのように切断されていたことから、犯人は切り裂きジグソーと呼ばれた。

この事件が未解決なのは犯人が見つからなかったからではない。

「当時、あの国で編成された精鋭の魔道士たちが残らず返り討《う》ちにあった。しかも丁寧《ていねい》にその死体を切断して、王宮に送り返したのだ」

「いかれてますよ……。なんでそんなのを魔道士協会に……」

「どんな人間だろうと奴も神に選ばれし者。それが神の選択《せんたく》ならば我らも受け入れよう」

「神はお許しになるでしょうか……」

どんな人間だろうと神はお許しになる。選ばれなかった人間による蛮行《ばんこう》のほうが認められるはずがない。バストゥールはそう考えて、手段を選ばないと決めた。

その時、支部長室に部下が慌てた様子で入ってくる。

「バ、バストゥール様！　大変です！　あの切り裂きジグソーが瀕死の状態で捕《と》らえられました！」

「そうか、あのジグソーが瀕死で……あ？　なんだって？」

「で、ですから。あの切り裂きジグソーが……なんかこう滅多打ちにされたような状態で……泣きながら自白したとか……」

「なんだって？」

バストゥールは何も理解できなかった。

これは現実ではない、神も戯《たわむ》れをなさる。これ以上、我々に悪夢を見せて何をするというのか。

バストゥールはしばらくの間、呆然《ぼうぜん》としていた。

第二章　黒髪の女神

「……陛下、今なんと？」

城の会議室にて集まっているのはクリードと国王である父親、王妃《おうひ》である母親だ。

更《さら》に大臣たちを中心とした重鎮《じゅうちん》たちが顔をそろえて、向かい側に座《すわ》っているバストゥールと対面している。

この魔道士《まどうし》協会との会談は急遽《きゅうきょ》行われた。理由は一つ、クリードが魔道士協会と決別するためだ。

「バストゥール支部長。本日より、魔道士協会からの融資《ゆうし》を拒否《きょひ》させていただく。そなたらは国内にて、随分《ずいぶん》と好き放題やっているようだな」

「何のことかわかりかねますな」

「あの者たちを見よ」

国王が指さした先に、拘束《こうそく》された魔道士協会の魔道士たちがいた。同時に彼《かれ》らを雇《やと》っていた悪徳貴族たちも疲弊《ひへい》した表情を見せている。

ここにすべての証拠《しょうこ》が揃《そろ》っていると言わんばかりに、国王はバストゥールを睨《にら》んだ。

「こやつらがすべて自白した。魔道士協会があの腐《くさ》れどものあらゆる犯罪行為《こうい》をバックアップして、我が国内を汚《けが》しておったのだ」

「なるほど、父上。尻尾《しっぽ》を掴《つか》めないわけですね。人を一人消すにしても、魔法ならば死体も残さないのは容易《たやす》い。それに加えて協力関係である以上、あなたたちへの監視《かんし》の目がないのは当然……」

「へ、陛下！　王妃！　すべてそいつらの独断です！　我が魔道士協会は……我ら魔道士は神に選ばれし者！　断じて浅ましい行為などしませぬ！」

「……うるさいな。バストゥール」

クリードがバストゥールを威圧《いあつ》した。バストゥールが体をかすかに震《ふる》わせるほど、クリードは怒《おこ》っている。極《きわ》めて独善的な理由でこの国に悪をはびこらせた魔道士協会に対する怒《いか》りだ。

「クッ……！　クリード王子、落ち着いてください。おそらくそちらの貴族と魔道士を拘束できたのは一人の少女のおかげでしょう？」

「なに？」

「二本の杖《つえ》を持った黒髪《くろかみ》の少女です。近頃《ちかごろ》、私の耳にも入ってきましてね。もしあなたたちが彼女《かのじょ》と何らかの協力関係にあるのであればやめたほうがいい」

「どういうことだ」

魔道士協会がそこまでの情報を掴んでいるのかとクリードは感心した。彼にとってマテリは麗《うるわ》しの女神《めがみ》であり、それがどうしたといった態度だ。

「お聞きください。あの少女は……人間ではないかもしれません」

バストゥールのその言葉に、クリードは眉《まゆ》をぴくりと動かした。

＊　＊　＊

魔道士協会の支部長であるバストゥールは焦《あせ》っていた。なぜ今になって破綻《はたん》するのかと考えれば、焔宿《ほむらやど》りの杖を振《ふ》るう少女のせいだと考える。

彼女が現れてからバストゥールの支部が窮《きゅう》地《ち》に立たされてしまった。

「あの少女が持つアイテム……。あれは魔道士協会が躍起《やっき》になって探し回ってもなかなか手に入らないものです。しかしそれだけではありません」

「そ、そうです！　それにあの少女は異常です！」

バストゥールの援護《えんご》に入ったのは魔道士、暗雲のラウクドだ。マテリに負けて顔が腫《は》れている。

続いて他の罪人とされてしまった魔道士たちも擁護《ようご》し始めた。ラウクドの他には同じくマテリに負けたマリアーナやジグソーがいた。

「あの少女はおそらく魔族です！　何かが憑依《ひょうい》したかのような得体の知れない獰猛《どうもう》さ……。そしてあの奇声《きせい》……確かファイファイファファファイとか言ってた！　何らかの呪言《じゅげん》の可能性すらある……」

「いえ、ファイファファイファファファファファだったはずよ！　この私の水魔法が一切《いっさい》通用しないほどのあの魔法……あれは未知で危険なのよ！」

「怖《こ》えよぉ……誰《だれ》かァ……」

王様と王妃、クリードが黙《だま》り込《こ》んだ。そのせいで、バストゥールは形勢逆転の兆《きざ》しを感じた。少女が強力な味方とはいえ、その異常性は見過ごせまいと思ったからだ。

ラウクド、マリアーナ、そしてジグソー。それぞれの必死の訴《うった》えかけも功を奏していると信じている。しかしただ一人、ジグソーは完全に心が折れていた。

何としてでも王家とあの少女を切り離《はな》すとバストゥールは意気込む。

「ほぉ……」

クリードが何かを納得《なっとく》したかのように目を閉じて頷《うなず》いた。

やはり攻《せ》めるべきはクリードであり、息子《むすこ》の彼が考え直せば、両親である王様と王妃も少しは心が揺《ゆ》らぐはず。バストゥールは逆転を確信してニヤリと笑った。ところが――

「やはり魔道士協会との提携《ていけい》は不可能だ」

「は？　な、なぜです？」

「あの可憐《かれん》で麗しいマテリを、言うに事欠いて人間ではない、だと？　君たちの目は節穴か？」

「え？　か、かれん？　うるわし？」

「一体君たちは何を見ている……本当に不愉快《ふゆかい》だ」

バストゥールはクリードが何を言ってるのか理解できなかった。

あの冷静沈着《ちんちゃく》で知られるクリード王子の言葉とは思えず、バストゥールは腹を立てる。

しかしここで怒ってはすべてが台無しなので、彼は極《きわ》めて冷静に構えることにした。

ここでエクセイシアとの関係が絶たれてしまえば本部に示しがつかないからだ。

特にとある計画が破綻してしては彼は魔道士協会にいられなくなる。

「お、お待ちください！　クリード王子はあの少女をそこまで信頼《しんらい》されているのですか！　それは失礼しました！」

「遅《おそ》いよ。一度、吐《は》いた唾《つば》を飲み込むな。君たちは我がプリンセスを侮辱《ぶじょく》した」

「プリンセス⁉」

「出ていけ。そして二度と王宮に立ち入るな」

クリードが怒りを露《あらわ》にして、剣《けん》を抜《ぬ》かんばかりだ。自分がクリードのような小僧《こぞう》に、という屈辱《くつじょく》とプリンセスという信じがたい言葉による驚《おどろ》き。そんな衝撃《しょうげき》の連続でバストゥールは混乱寸前だった。

「その痴《し》れ者を叩《たた》き出せ」

「ハッ！」

騎士《きし》たちに強引《ごういん》に連れ出される形でバストゥールは追い出されてしまった。

＊　＊　＊

エクセイシアの王都に来てから私は日夜、グランドミッションを探していた。

悪徳貴族たちの討伐《とうばつ》ミッション、魔道士討伐ミッション。どれもおいしかったけど、ここ最近はミッションが発生しない。さすがにそう何人も国内に悪徳貴族がいるわけないか。

そうなると私の次の目標としては、王都にある魔道士協会の支部かな。でも今のところ、それらしいミッションが発生していない。

といったことを王都内の喫茶店《きっさてん》でミリータちゃんとフィムちゃんに相談していた。

「ねぇミリータちゃん。どう思う？」

「まぁ少しは休んでもいいべ。このブラッドヘルサンダーフラッペうんめぇ」

「確かにこれはうんめぇけどさ」

「むむ……」

フィムちゃんがブラッドヘルサンダーフラッペを前にして躊躇《ちゅうちょ》している。

確かに心地《ここち》いい名前じゃないけど、そんなに悩《なや》むことかな？

「これは明らかに糖分過多……。今後の行動に影響《えいきょう》を及《およ》ぼす可能性がある……」

「糖分は体を動かすエネルギーだよ。摂取《せっしゅ》しておかないと途中《とちゅう》で倒《たお》れるかもね」

「ハッ！　そうでしたか！　さすがは師匠《ししょう》……！」

「うん、素直《すなお》でよろしい」

フィムちゃんが目の色を変え、がっついてこめかみを押《お》さえている。

冷たい食べ物の洗礼を受けたか。エルフでもこうなってくれるのは親近感が湧《わ》いて嬉《うれ》しい。

「この痛み……なるほど。師匠の言葉の意味がわかりました。摂取する過程ですらこれに耐《た》えられないようであれば、生き残ることなどできませんか？」

「そうだね」

私は勇者の師匠。もうこれでいい。そう投げやりになるくらい眠《ねむ》くなってくる。

のどかな昼下がりの午後、久しぶりにのんびりできてこれはこれでいいかもしれない。

ミッション疲《づか》れを癒《い》やすいい機会だ。

「ごめん。私、魔道車で寝《ね》て」

ミッションが発生！
・プリンプルンを討伐する。報酬《ほうしゅう》：プルン抱《だ》き枕《まくら》
・マジックゴーレム（火）を討伐する。報酬：ゴッドエナジー

「あぁ!?」

瞬時《しゅんじ》に私はミッション臭《しゅう》がする方角を向いた。おおよそ王都南東部、十七番地の中心部。超《ちょう》高速、最短で会計を済ませてから私は店を出た。

ミリータちゃんとフィムちゃんが続いて、私はより嗅覚《きゅうかく》を研ぎ澄《す》ます。そして走っている途中で燃えている民家があった。住民らしき人が何か叫《さけ》んでいる。


ミッションが発生！
・民家から子どもを救出する。報酬：イフリートの角

「だ、誰か！　まだ子どもが中に！」

「フィムちゃん！　水神のストールでウォーターガンが使えるから使って！」

「わかりました！」

フィムちゃんがウォーターガンを燃え盛《さか》る炎《ほのお》の家に放つ。そして消火作業をしながら家に突入《とつにゅう》したフィムちゃんが子どもを抱《かか》えて出てくる。直後、家が炎に包まれ完全に崩壊《ほうかい》した。

ミッション達成！　イフリートの角を手に入れた！
効果：幻《まぼろし》の素材。鍛冶《かじ》で使用。

「あ、ありがとうございます！　このお礼はなんと言って」

「次ァァ――――――――！」

「えぇっ⁉」

子どもの両親が何か言ってた？　それより目標地点は近い。

より濃《こ》くなってきたミッション臭のおかげで、さっきまでの眠気《ねむけ》なんか吹《ふ》っ飛んだ。

「お礼などいらないということか……。すごい……」

また何か勘違《かんちが》いされた予感がしたけど次、次！

早くイフリートの角を鍛冶で使ってほしいんだからさ！

「何か見えたべ！」

「先客がいるぅぅ⁉」

スライムらしき球体にニコちゃんマークみたいな顔が描《か》かれたプリンプルンらしき魔物。炎に包まれた岩のゴーレム。そしてその前にはすでに武器を構えている集団がいた。

「化け物め、ここに誰がいると思っている？　一級冒険者《ぼうけんしゃ》パーティ、紅《くれない》の刃《やいば》がお前を仕留める！　いくぞ！」

「ぷるるりーん！」

「あぁぁ――――！　粘液《ねんえき》が体にぃー！」

冒険者たちが液体に包まれていって、あっという間に身動きがとれなくなった。プリンプルンから放たれた液体は周囲の王都警備隊をも呑《の》み込んでいく。

そしてマジックゴーレムが両手を上げた途端《とたん》に炎が拡散された。

「ウォタウォウォウォウォタタタタタァァ――――！」

建物に燃え移ったところでフィムちゃんがウォーターガンを連発して消火してくれた。

それにしても恥《は》ずかしい掛《か》け声だ。誰の真似《まね》か知らないけど、ここには大勢いるからあまり恥ずかしいことはしないでほしい。さて。

「ファファファファファファファファファファァアアボォアルゥウアアァァ！」

「プリンギャアアァァァァ――――！」

目の前のすべてに私は火の玉を放った。プリンプルンが一瞬で蒸発して、マジックゴーレムが爆《ばく》散《さん》する。意外と断末魔の叫びが怖《こわ》かった。

ミッション達成！

プルン抱き枕を手に入れた！

効果：これを抱いて寝るとすべての疲《つか》れが吹っ飛ぶ。

ゴッドエナジーを手に入れた！

効果：飲むと体力の消耗《しょうもう》を極限まで抑《おさ》える体になる。

「うわぁぁかわいいぃ――――！」

「気持ちよさそうだべ！」

「さすが師匠！」

ぷるぷるとした抱き枕はいかにも抱き心地がよさそう。

これを使いまわして、皆《みんな》で寝ようか。これとゴッドエナジーのおかげで、よりミッションライフが捗《はかど》る。

「あれ？　あ、そういえばだれか巻き込んだような……」

「お、俺《おれ》たち、紅の刃もろとも攻撃《こうげき》するとは……そしてまたお前か……」

「えーと」

誰かと思えば、いつかの四天王に完敗した人たちだ。ひとまず助かったんだから文句は言わないでほしい。ヒールしてあげるから許して。

＊　＊　＊

「じゅ、住民を避難《ひなん》させろ！　もうすぐスタンピードが来る！」

騎士の一人が大声を張り上げてやってきた。報酬でホクホクしていたけど、たくさんの報酬がやってきたなら張り切るよ。で、報酬たちはどこに？

「なぜ直前まで気づかなかったのだ！」

「南東に派遣《はけん》された討伐隊が全滅《ぜんめつ》したそうだ！　生き残った者がやってきて命からがら、伝えてくれた！」

「くっ……！　それで陛下には⁉」

「早馬のおかげで、すでにこのことは陛下の耳にも入っているはずだ！　すぐに王都周辺の警備を固める！」

騎士たちが慌《あわ》ただしく動いて、住民たちを強引に家の中へ入るよう促《うなが》した。

そうこうしているうちに警報が鳴って、いよいよ騒然《そうぜん》とし始める。

「魔物の群れが来たってどういうことだよ！」

「どこから来たんだ！」

「どんな魔物が⁉　数は？」

大騒《おおさわ》ぎして騎士たちにすがる人たち。私たちだけが取り残されている中、騎士の一人が私たちに声をかけてきた。

「君たちはひとまずここから近い冒険者ギルドに避難するんだ。私が案内する」

「オラたちに頼《たの》まねえのか？」

「王都の防衛は我々の仕事だ。冒険者として協力してくれるならありがたいが……」

「冒険者じゃないんだな、これが」

ミリータちゃん。安請《やすう》け合いする流れを作らないで。まずは報酬の有無《うむ》でしょう。そうでしょう。

話によると有事の際は冒険者も防衛に参加できることになっているらしい。本来はそれなりの手続きをしてから正式に防衛に参加するらしいけど、今みたいに急な場合はそうも言ってられない。

いよいよ大勢の騎士たちや冒険者が王都の門に走っていった。

「ちなみに報酬っていくら？」

「貢献度《こうけんど》と規模によって変動するから一概《いちがい》には言えない」

「ハッキリしないなぁ」

安請け合いしてクソ報酬だった時のことを想像すると絶望しそうになる。

フィムちゃんはすでに剣を抜いていつでもこいみたいな体勢だ。師匠として戦いの参加は認めてあげてもいいかもしれない。

「フィムちゃん。あの人たちに協力してあげて」

「はいっ！」

フィムちゃんが張り切ってダッシュしていなくなった。

さて、私の気が乗らないのは未《いま》だにミッションが出ないからだ。前から思っていたけど、こういうのがクリア報酬の欠点だと思う。

「マテリ、フィムちゃんだけにやらせていいのか？」

「ん――……。そりゃ私だってこれほどの危機を見過ごしたくはない。でもモチベーションがなぁ」

「じゃあ、オラも戦ってくる。マテリ、オラはお前についてきた身だから何も言わねぇからな」

「微妙《びみよう》な禍根《かこん》が残りそうなセリフを……」

フィムちゃんに続いてミリータちゃんまでいなくなった。あの二人だけで全滅できそうと考えるのは甘《あま》いかな？

さすがの私も何もしないというわけにはいかない。はー、しょうがない。やりますよ、やればいいんでしょ。

「どこかに手っ取り早い戦力でもいないかな……あ」

閃《ひらめ》いた私は転移の宝珠《ほうじゅ》を取り出した。

＊　＊　＊

「クリード王子、来ました！」

「迎《むか》え撃《う》つぞ！」

どこから現れたのかわからない魔物の大軍を迎え撃つべく、クリードが指揮をとっていた。騎士団およそ三千人、冒険者四百人。

対して敵の数は不明だが、土埃《つちぼこり》を上げながら迫《せま》り来る勢いが、その数の多さを物語っている。そして見えてきた敵の全貌《ぜんぼう》にクリードは驚愕《きょうがく》した。

「あ、あのゴーレムは……！」

それはかつてクリードの前でマテリが討伐したものと同じだった。今回は炎や氷、雷《かみなり》をまとった様々なタイプがいる。クリードから見て、その数は千匹《びき》を超《こ》えていた。

「数ではこっちが上だ！　落ち着いて戦えば勝てる！　冒険者の皆も無理はしないで、怪我《けが》をしたら後退しろ！　絶対だぞ！」

ゴーレムたちがいよいよ迫ってきて、そして激突した。クリードも剣を振るって応戦しようとしたその時だ。

「はい、こんにちは」

「マ、マイプリンセス！　それにその人たちは……」

戦場に突如《とつじょ》として現れたのはマテリだ。

マテリと共にいるのはあのファフニル国のブライアス率いる兵隊、それにクリードが見慣れない若者たちがいる。そんな大勢がまるで瞬間移動してきたかのようであり、クリードは言葉を失っていた。

「ファフニル国の女王様に頼んだら二つ返事で戦力を貸してくれましたよ。あ、こっちの人たちは勇勝隊という自称《じしょう》勇者たちです」

「あちらの女王に⁉　何がなんだか……」

「この人たち、かなり強いと思うからだいぶ戦力になると思いますよ」

「マイプリンセス、君は一体……」

そこからはマテリの言う通りだった。閃光《せんこう》のブライアスは元より、兵隊の強さがクリードにとって頼もしい。

ゴーレムが次々と倒されていき、特にブライアスは一振りで数匹のゴーレムを葬《ほうむ》っていた。閃光スキルからは逃《のが》れられない。その言葉の意味をクリードは改めて思い知る。

「敵は未知の存在だが、我らに敗北する理由などない！　思い出せ！　我々が何を胸に抱いているのかを！」

「愛ッ！」

「勇気ッ！」

い。


「正義ィ！」

「そして平和ァ！」

「勝ち取れ！」

「この手に！　勇者たちよォ――――――！」

勇勝隊の戦闘《せんとう》力も並ではなかった。誰もが英雄《えいゆう》のごとき活躍《かつやく》を見せて、ゴーレムをものともしない。

特にアルドフィンと名乗った男はブライアスに引けを取らず、我が国の騎士団長とも張り合う実力者だとクリードは再認識《さいにんしき》した。

「おぉ、ブライアス殿《どの》！　久しぶりですな！　一体、どのようにしてここに！」

「騎士団長！　我らが聖女のおかげだ！　それよりすぐに片付けるぞ！」

ブライアス、騎士団長。アルドフィン。この三人がクリードの網膜《もうまく》に強烈《きょうれつ》に焼き付いた。剣の腕《うで》だけなら完全に自分より上だと彼は確信している。

クリードがグッと拳《こぶし》を握《にぎ》った。やはり真の強さはこうでなくてはと奮い立つ。

「……すごいな」

「クリード王子、もうすぐ終わりそうですよ」

「マイプリンセス、どうやって彼らを連れてきた？　彼らは何者だ？」

「次、その呼び方したらぶっ叩きますよ」

クリードは今一度、理解した。マイプリンセス、マテリは紛《まぎ》れもない聖女だ、と。

見えざる力でこの戦場に力をもたらし、平和へ導く。ブライアス率いる兵隊、そして勇勝隊。彼らはマテリの圧倒的《あっとう》なカリスマのもと、集《つど》ったに違いない。クリードは彼らの戦いぶりを見て、そう確信した。

「あの女王、二つ返事で我らをこき使いおって！」

「聖女様の言いなりだよ、まったく！」

マテリはシルキア女王を動かすほどの少女であり、クリードは何度目かわからないほど驚いている。同時に、だからこそ惚《ほ》れた甲斐《かい》があったとマテリへの想《おも》いを強く秘《ひ》めた。

＊　＊　＊

「マイプリンセス……いや、マテリ。協力、感謝する。ファフニル国の者たちも、よく戦ってくれた」

「今、ぶっ飛ばそうかなって思いました」

クリード王子が深々と頭を下げてくる。

今回、シルキア女王にお願いしたら二つ返事でブライアスさんと兵隊を提供してくれた。ついでにすっかり女王直属の親衛隊と化していた勇勝隊も。

「まずはブライアスとアルドフィン……だったかな？　君たちへの報酬は後ほど検討する。事後処理が済むまでは宿泊《しゅくはく》場所を手配しよう」

「お心遣《こころづか》い、感謝します」

「勇者として当然の仕事をしたまでです」

報酬と聞いてその淡白《たんぱく》な反応、信じられません。この堅物《かたぶつ》どもに欲はないのかな？

「それにしてもなんで王都に大量の魔物が？」

「わからない。マイ……マテリ。君は何か知らないか？」

「知らないです」

「南東の討伐隊の生き残りによれば、突如として現れたそうだ」

あれは私が王子の前で倒したゴーレムに似てる。次に見たのはルーシエちゃん親子を助けた時だ。

エクセイシア王国内に生息する魔物だと思って気にしてなかったけど、王都内だけじゃなくて外に大量に現れたとなると――。

「報酬だ」

「なんだって？」

「報酬の匂《にお》いがする。私はめげないよ。今回はダメだったけど、辿《たど》ればそこに報酬があるはず」

「あぁ、報酬か。もちろん君にも用意しよう」

「え？　あ、はい」

クリード王子に言ったつもりはなかったけど、受け取りましょう。今回は私が勝手に動いただけだから、要求するつもりはなかったんだけどね。

さすがにこれで報酬を要求したら、物欲の化身《けしん》だよ。

それより私の報酬センサーにどうにも引っかかるものがあった。

ここまでミッションが出てこないということはグランドミッションが関係してるかもしれない。

だったら思いつくことを片《かた》っ端《ぱし》からやってやりましょう。

「クリード王子。ちょっと耳を貸してください」

「なっ！　ち、近いぞ！　君はそんな少女だったのか！」

「いいから話を進めないとぶっ飛ばしますよ」

「あ、あぁ」

クリード王子にあることを耳打ちすると、さすがに顔をしかめた。

「それは……いや、可能性としてはあるかもしれない」

「いいですよね？」

「君がやることに間違いはないと信じている。いいだろう、任せるよ」

「ありがと！」

理屈《りくつ》はわからないけど、不可解な現象が起こっている。そしてこれを辿ればグランドミッションに行きつくかもしれない。

合流したミリータちゃんも同じ考えみたいで、戦場に落ちていたゴーレムの破片《はへん》を拾って何か調べていた。

「言っておくが、報酬のためじゃねえぞ」

「ま、まーたミリータちゃんは私をそういう人間だと思ってぇ」

「これ、自然界に生息する魔物じゃねえべ。野生のゴーレムはここまで精巧《せいこう》な人形《ひとがた》を保ってねぇからな」

「つまり報酬？」

「クリード王子、これ見てくれ」

私を完全無視したミリータちゃんがクリード王子と話している。

ミリータちゃんによれば、自然発生するゴーレムはその辺の岩とか鉱石が変異して魔物化するとのこと。

確かにいつかの鉱山で遭遇《そうぐう》したゴーレムは歪《いびつ》な形をしていた。ような？　どうだっけ？

「見てくれ。この破片、魔石だ。この純度の魔石がそこそこの割合で含《ふく》まれてるゴーレムとなると……人工的に作られたもんかもしれねえ」

「なんだと！　ゴーレムは人工的に作れるものなのか!?」

「主犯がいるかもしれねぇな」

「ううむ……。わかった、こちらでも調べてみよう」

クリード王子が考え込んで、ゴーレムの破片を回収していった。

お勤め、ご苦労様です。さてと、私はというと目的地は決まっている。

「マテリ。これはどうもきな臭《くさ》い」

「クリード王子にも言ったけど、次の目的地は魔道士協会支部だよ」

「はぁ？　なんだってそんな……」

「ミッションがだんまりなら、こっちから近づいてやろうかなと思ってさ」

悪徳貴族たちが従えていた魔道士たちに近づいた途端、ミッションが発生した。つまり魔道士狩《が》りを狙《ねら》って近づけば、ミッションが発生するということかもしれない。

グランドミッション狙いも兼《か》ねて行動するとなれば、悪くないと思う。

ミッションが発生！
・バストゥールを討伐する。報酬：神域の聖杖
・魔道士協会エクセイシア支部の魔道士を全滅させる。報酬：エンチャントカード・魔道士

「ミリータちゃん、フィムちゃん。私は魔道士協会が許せない」

「わかった」

「師匠、魔道士協会が許せないとは？」

フィムちゃん、鈍《にぶ》いね。ミリータちゃんはすべてを察したよ。この王都にはびこる悪が何なのかをね。

＊　＊　＊

「さぁさぁ悪の魔道士たちよ！　この勇者フィムはすべてお見通しなのです！　あなたたちがテロの主犯だと！」

「なんのことかわからんな。何の根拠《こんきょ》があって」

「ファボァァ！」

「ぎゃぁぁぁぁ！」

魔道士協会エクセイシア支部は王都の中心地に構えていた。

入るなり、フィムちゃんが堂々と名乗りを上げるけどそういうノリはどうでもいい。

受付の魔道士に正義の鉄槌《てつつい》を下した後、無駄《むだ》に広い迷路《めいろ》みたいな支部を突《つ》き進む。

「貴様ら、なんのつもりだ！　こんなことをして」

「ファファファボァァァァ！」

「ぎえぇぴぃぃ――――！」

「大した腕だ！　だがその程度でこの支部が」

「ファボァァッ！」

「あびゃぁあぁ――――！」

出てくるわ出てくるわ、次々と魔道士たちが。いいよいいよ。ミッション達成条件の一つは魔道士の全滅。

バストゥールってのが誰なのか知らないけど、魔道士なら同じことだ。

「そこまでだ。このエクセイシア支部一の強化魔法の使い手であるノキン様が相手になってやるぜ！」

「邪魔《じゃま》だべぁ――――！」

「ぐぅふッ！」

ミリータちゃんも割と張り切ってらっしゃる。

どんどん向かってくる魔道士たちを手早く討伐して、ついに最深部。

このドアの奥《おく》に偉《えら》そうに居座ってるのがきっとバストゥールだ。残りの魔道士は片づけたからそうに決まってる。さぁ！

「ようこそ、神に見放された者たちよ。この私が副支部長のニーバスだ」

「よっしゃぁぁ！　最後の一人ィィ――――！　ん？」

無駄に大きいデスクに肘《ひじ》をついているあの人、なんて言った？

えっと、周囲の取り巻きっぽいのが五人。あの中にバストゥールが？

おかしいな。経験上、名前が出た討伐ミッションは大体ボスクラスなんだけどな。

あのニーバスはいわゆるその他大勢。いやいや、マテリ。ちゃんと確認してからでも遅くない。

「なるほど。確かにそれは焔宿りの杖だ。そしてもう一つは……見慣れないな。一体それはなんだ？」

「この中にバストゥールっている？」

「支部長に会いたかったのかな？　だがあいにくここにはいない。残念だったな」

「は？　ウソでしょ？」

「ククク、いち早く勘《かん》づいて支部長を捕《と》らえようとしたのだろうが遅かったな。まぁ少し話をしようではないか」

ココニハイナイ？　ココ・ニハ・イーナイっていう名前の報酬？　じゃあ、なに？

バストゥールを討伐できなかったら、自動的にもう一つのミッションも達成できないってこと？

「それほどのアイテムをどのようにして集めたのか、実に興味深い。我々魔道士協会はそれらが大変目障《めざわ》りでね……なぜかわかるかな？」

これからどこにいるのかもわからないバストゥールを見つけ出せってこと？

ふざけないでね？

「それらのアイテムを我らは神器と呼んでいる。神の力が宿りし神器を手にした者は神の力を手に入れることができる。しかし、それを手にしたのが凡人《ぼんじん》とは皮肉なものだ」

私の報酬は？　ミッションは？

「師匠は凡人などではありません！　凡人なのはむしろ神に選ばれたと驕《おご》り高ぶっているあなたたちでしょう！」

「君はエルフか。ならば歓迎《かんげい》したいところだな。なぜなら君たちは選ばれているからだ」

「え、選ばれている？」

「そうだ。その身に宿る膨大《ぼうだい》な魔力と叡智《えいち》……。我々は君たちを神の民《たみ》と呼んでいる」

「神の民……⁉」

そっかぁ。ここにきて私の報酬はお預けかぁ。だったらどうするかな？

探すよ。探してやる。ミッション臭を嗅《か》いで仕留める。

「そう、神の民こそが我々の計画における鍵《かぎ》の一つとなるのだ」

「鍵⁉　あなたたちは一体何をしようとしているのです！」

「クックックッ……。それは」

「ファイアボォオォ――――ルゥアァ――――――！」

「ぐあぁ――――――！」

まず一人。

「な！　ニ、ニーバス様が一撃だと！」

「ファボアァファァファァファァファァファァファァオボボボォォルゥ――――！」

「うわぁ――――！」

「ひぃぃ！」

「グァァ！」

はい、五人討伐完了《かんりょう》。でもバストゥールの討伐がまだ果たせていない。

「し、師匠……！」

「行くよ」

「は、は、はいっ！　ごくり……」

逃《に》がさない、絶対逃がさない。

私の報酬どこ？　どこどこどこどこどこ？

逃がすか逃がすか逃がすか逃がすか逃がすか逃がすか逃がすか逃がすか。

追う追う追う追う追う追う追う追う追う追い詰《つ》める。

＊　　＊　　＊

「クルス。生産状況《じょうきょう》はどうだ？」

「バストゥール様、順調です」

王都より離れた地で、バストゥールはとある計画を実行することにした。

ここ魔法生体研究所では魔道士協会本部の指示の下、魔法生物を作り出している。

開発主任のクルスはここを任されており、研究員たちと共に日々魔法生物の研究や生産を行っていた。

以前から彼らはエクセイシア王国内で密《ひそ》かに戦闘実験を繰《く》り返していたが、ようやく質が安定しつつある。例えば魔石を動力として動くマジックゴーレムはあらゆる属性を持たせることができた。

開発当初はステータスが20程度だったが、今は最低でも100をキープしていた。

強力なものであれば200超えも珍《めずら》しくない。このレベルとなれば、一級冒険者でも苦戦は免《まぬが》れない。

「本日、マジックゴーレム七匹。平均ステータスが120、レベル30です」

「まずまずだな。極力、200に近づけろ。レベルのほうは40程度あればいい」

「ハッ！　しかしプリンプルンをはじめとした魔法具現体のほうはいい出来です。レベルは平均45です」

「ふむ、やはり魔石などの媒介《ばいかい》が必要ない魔法生物のほうが強力かもしれんな」

ステータスばかり重視される傾向《けいこう》にあるが、レベルもかなり重要だ。敵対した者とのレベル差による補正は最大でステータスを半減以下にさせる。レベル差が15以上もあれば、そこまで落ちてしまう。

三級冒険者の平均レベルが大体30と考えれば、レベル30のマジックゴーレムが数匹いれば補正がなくてもかなりいい勝負になる。

「続いてプリンプルン三匹。平均ステータスが160、レベルは36です」

「上出来だ。王都で放った個体には劣《おと》るが、これも数匹いれば一級冒険者との勝負も視野に入ってくる」

「エクセイシアの騎士団長のレベルが噂《うわさ》によればＳ50以上、部隊長で40程度と考えればもう少し上を目指したいですね」

「私もレベルだけでいえば騎士団長には及ばん。それにあの王子……あれも厄介《やっかい》だ」

「あれはレベル以前にスキルが要警戒《ようけいかい》かと……」

しかしバストゥールはさほど心配していない。彼が危険視しているクリードはスキルを出し惜《お》しみする傾向にある。それだけでも、つけ入る隙《すき》は十分にあるとバストゥールは楽観視していた。

ここで開発しているのはマジックゴーレムという魔法具現体だけではない。

「クルス。あれの開発はどうだ？」

「超魔法具現体……。あと一歩のところです。もう少し時間があれば完成しましょう」

「あれが完成すれば、このエクセイシアを本格的に支配できる。王都ではマジックゴーレムとプリンプルン程度ですませたが、次はあんなものではない」

「今頃、王宮は大混乱でしょうな。同時に民の不信も募《つの》ります」

「それに先日、放ったマジックゴーレム数百匹もそのうち王都を襲《おそ》うだろう」

バストゥールは魔道士協会を切り捨てたエクセイシア王国を恨《うら》んでいた。

神に選ばれし自分たちの裁量で生かしてやっていたのに、と。憎悪《ぞうお》を募らせたバストゥールはエクセイシア王国に思い知らせるつもりでいた。

支部に捜査《そうさ》が入っていたとしても、バストゥールはきちんとニーバスに指示を出してある。出来るだけ抵抗《ていこう》して、いざとなれば支部を爆破しろという指示だ。

隠《かく》し通路による脱出《だっしゅつ》手段を確保しているニーバスたちとは違い、敵はそのまま瓦礫《がれき》に埋《う》もれて一《いち》網打尽《もうだじん》というプランだった。

　あらゆる情報と共に連中の戦力を削《そ》ぐ。そのために支部一つ手放すくらい、バストゥールにとっては何も惜しくはなかった。なぜなら彼にはこの魔法生体研究所があるからだ。

「ここが見つからなければ、我らにはノーダメージだ」

「ええ、そうです。周辺は冒険者ですらあまり立ち寄らない危険地帯の上にバストゥール様の結界が張られてますからね」

「それも幾重《いくえ》にも張り巡《めぐ》らせている。視覚や方向感覚を狂《くる》わせてる第一の結界、魔力による干渉《かんしょう》以外受け付けない第二の結界……」

「監獄《かんごく》のバストゥール様の下に配属されて、心から安堵《あんど》しております」

　バストゥールは魔道士としても名を馳《は》せている。監獄の異名の通り、彼の結界魔法は魔道士協会の中でも群を抜いていた。

「いつまでも支部長室のデスクで椅子《いす》を温めているわけにはいかん。私は魔道士として、いずれは協会の頂点に立つべきなのだ」

「このクルス、生涯《しょうがい》お供します」

「頼もしいな。これからも」

　突然、研究所内に轟音《ごうおん》が響《ひび》く。魔法生物の暴走かとバストゥールは構えた。

「バ、バストゥール支部長！　クルス主任！　ここが見つかりました！　敵襲《てきしゅう》です！」

「なんだと！　何者だというのだ！」

「例の少女とその一味です！」

「い、一体なぜここがわかった！　それに結界はどうなっている！」

バストゥールは面食《めんく》らう。自らの結界を破られた事実が信じられなかった。

「クルス。超魔法具現体を出せ」

「あ、あれをですか⁉　まだ未完成なのでさすがに危険です！」

「あの少女はそれほどの相手だ。それに私も久しぶりに本気を出す。それと少女一味のステータス算出も忘れるな」

「了解しました。ゲートを封鎖《ふうさ》して超魔法具現体ネクスト、ネーム〝ガメビトン〟を解放します」

バストゥールはマテリという少女について考えた。何やら特異なスキルを持っているのかと予想した後、フッと笑う。

神の気まぐれで与《あた》えられたものと、神が選んだもの。どちらが上か思い知らせるいい機会だと、現状をポジティブに捉《とら》えた。

大いなる叡智の前にひれ伏《ふ》すのは少女たちのほうだと研究室のドアを睨んだ。

＊　＊　＊

魔法生体研究所に到達《とうたつ》！　風読みのブーツを手に入れた！
効果：空中ジャンプが一回可能になる。

「楽しそう！」

「こ、これはオラも一回でいいからはいてみてぇなぁ」

「空中での活動が可能になれば、戦術の幅《はば》が一気に広がりますね。さすが師匠です」

もはや何がさすがなのかわからないけど、これは確かに楽しそう。

これもミリータちゃんに鍛《きた》えてもらえば、更に回数が増えるかも？

「マテリ、この研究所はかなり広いな」

ダンジョンマップを見ると、大小のありとあらゆるフロアが無数にちりばめられている。だけど全部のフロアを探して宝、いや。魔道士どもを討伐しなきゃいけない。

特にバストゥール、そろそろいい加減にしてね？

「マテリ！　これは妙なフロアだ！　赤い玉や青い玉……その奥にあるのが扉《とびら》だ。何かのギミックを解けば開くかもしれねぇ」

「師匠、これは魔法の属性に対応しているのでは？　赤い玉が炎、青い玉が水か氷だとすれば」

「ファイアボォォ―――――ル！」

ギミック？　よくわからないけど、扉をぶっ壊《こわ》して先へ進んだ。

ミリータちゃんが何か言いたそうだけど、話は後にして。私はバストゥールに夢中なんだ。目につく扉を破壊して、それから部屋の中を確認するという、その繰り返しだった。

食堂、魔道士の各自室、心の底からどうでもいい上に誰もいない。

「マテリ！　あそこの扉の奥の部屋、少し広い！」

「よし！　バストゥールァァァァ！」

勢いよく扉を開けると、そこには半裸《はんら》の男が何人かいた。なぜかパンツまで脱《ぬ》いでるのもいて――

「も、もう来たのか！」

「せめて着替《きが》えるまで待て！」

「汚《きたな》いもん見せるなぁぁぁ！　ファボファァファァァァ――――！」

「ギャァァー！」

更衣室《こういしつ》ごと魔道士らしき男たちをぶっ飛ばして、余計にイライラしてきた。そして相変わらず何の報酬にもならない。

「いやぁ、目が腐るなぁ」

「ボクは何も見てない見てない見てない見てない」

うら若き乙女《おとめ》たちに腐ったもん見せやがって。あまり私を怒らせないほうがいい。

こちとら魔道士どもを全滅させなきゃいけないし、バストゥールだって見つかってない。気を取り直して先へ進むと、次はだだっ広いフロアだ。

「マテリ、何かくる！」

あらゆる場所から炎や雷なんかの魔法が飛んできた。

よく見たら無数の穴が開いていて、そこから放ってきてるご様子。痛くも痒《かゆ》くもないけど、ひっきりなしに放たれてさすがに邪魔くさい。もうね。イライラが加速します。

「師匠！　ここは私に任せてください！」

「あああぁぁぁぁイライライライライラファファファファファファファファファイファファファァァ――――――！」

「あぎゃぁぁ！」

「ま、魔法障壁《しょうへき》がぁぁ！」

ヤケクソに火の玉を全方位に撃つと悲鳴が聞こえた。そう、これでいいんだ。一人残らず討伐すればいい。そのためには――。

「フィムちゃん、お願いがある。入り口に戻《もど》って、逃げてきた魔道士を討伐してほしい」

「確かに撃ち漏《も》らした魔道士に逃げられると厄介ですね！　わかりました！」

前に勇勝隊の一人を逃がしたからね。フィムちゃんが入り口まで走っていった。これで逃げ道は塞《ふさ》いだはずだ。

そもそも私は魔道士討伐のためだけなら、こんなよくわからない施設《しせつ》を全破壊してもいい。あぁそうだ。壊せばいいんだ。簡単じゃん。そして奥へ奥へ、夢と希望が待っている。

「ミリータちゃん。片っ端からぶっ壊そう」

「いや、おめぇそれはさすがに」

「ファイファイファイファファファファイボォアァァァァ！」

フロアを区切っている壁《かべ》を破壊すると床《ゆか》が光りだした。直後、床から電撃が放たれる。ピリピリとした感触《かんしょく》が電気風呂《ぶろ》みたいで心地いい。

「なにこれ？」

「魔法トラップだな。まぁ今のオラたちにはダメージにもならねぇ」

「はぁ……もぉぉぉ――――ッ！」

床に全力で火の玉を撃ち込んで全部破壊した。

ボロボロになったフロアに更に現れたのはゴーレムとプリンプルン、見慣れない魔物たち。数が尋常《じんじょう》じゃない。次々遠くから行進するようにやってきて、このままだとフロアが埋め尽《つ》くされる。

「マテリ、ちーっと数が多いぞ」

「よくもまぁこれだけ揃えたものだよ」

壊そう。この施設を破壊して魔道士どもを生き埋めにしよう。

そのほうが手っ取り早い。

せーの――。


ミッションが発生！
・プリンプルン44匹を討伐する。報酬：超防御《ちょうぼうぎょ》の実×5
・フェンブレードを32匹討伐する。報酬：レベルの実×5
・マジックゴーレム（水）を76匹討伐する。報酬：全上昇《ぜんじょうしょう》の実×20
・マジックゴーレム（火）を53匹討伐する。報酬：超攻撃の実×20
・マジックゴーレム（風）を61匹討伐する。報酬：超速さの実×20

「研究所ありがとぉぉぉ――――！」

すべての悪党に感謝を！

＊　＊　＊

「け、研究所の損壊率《そんかい》が60％を超えました……」

バストゥールは報告の意味を理解できなかった。監獄のバストゥールである自分がどのような目にあっているのか、信じられずにいる。

「ひっ！　ま、また地響《じひび》きだ！」

「大丈夫《だいじょうぶ》だ！　まだ雷神《らいじん》と呼ばれたあのお方が」

「いや、更衣室でケツ丸出しで倒れていた……」

慌てる所員たちだが、バストゥールは平静さを保つように心がけた。

いまだ魔法生物が山ほどいるので、まだ慌てるような時間じゃないと自分に言い聞かせていた。

「バストゥール様……これ、奴《やつ》らのステータスです……」

「クルス、お前まで何を震えている。こんなものは」

名前：マテリ
性別：女
LV：61
攻撃：10034＋4660
防御：949＋1309

魔攻：812＋1280
魔防：850＋680
速さ：933＋80
武器：焔宿りの杖＋5（攻撃＋90）
　ユグドラシルの杖＋5（攻撃＋910　魔攻＋1180　魔法の威力が2倍になる）　エンチャント・魔族特攻・殺戮《さつりく》
防具：ラダマイトのリトル胸当て＋5（防御＋630　魔防＋100　すべての属性耐性《たいせい》＋80％）
　ヒラリボン＋4（防御＋45　速さ＋80）
　スウェット＋4（防御＋4）
　闇《やみ》の衣《ころも》（防御＋220　魔防＋400　すべてのダメージを大きく減少する）
　アンバックル＋2（防御＋100　絶対にノックバックしない）
　プロテクトリング＋4（常にガードフォース状態になる。防御＋140）
　剛神《ごうしん》の腕輪＋4（攻撃＋3660　1レベル×60）
　神速のピアス＋2（攻撃回数が＋3される）
　ヒールリング（使うとヒールの効果がある）　エンチャント・回復増
　聖命のブローチ（呪《のろ》いを完全に無効化する）　エンチャント・傲慢《ごうまん》（ステータスの合計値が1000以上の時、攻撃を受けた時に確率で一定時間無敵になる）
　不死鳥の髪飾《かみかざ》り＋5（防御＋170　魔防＋180　精神耐性＋100％　常にダメージを回復する）

風読みのブーツ（空中ジャンプが一回可能になる）
大天使の輪（絶対に即死《そくし》しない。悪魔系の敵と戦った時、敵のステータスを大幅に下げる）
古代魔道士のタトゥー（魔法攻撃時、一定確率で一定範囲《はんい》の敵に追加のダメージを与える）
フォーススター（魔攻＋１００）
スキル：『クリア報酬』
称号：『捨てられた女子高生』
『スキル中毒』
『物欲の聖女』
『勇者の師匠』

名前：ミリータ
性別：女
ＬＶ：58
攻撃：１７２４＋５２４０
防御：１６５５＋１１３０
魔攻：21
魔防：９８０＋４１０
速さ：１０１２＋１１３０
武器：闘神の槌《つち》＋４（攻撃＋（６００＋1レベル×80）速さ＋１３０）エンチャント・人間特攻

防具：ラダマイトのツナギ＋5（防御＋780　魔防＋130　すべての属性耐性＋90％）
　バーストバックラー＋5（防御＋250　魔防＋170）
　聖命のブローチ（呪いを完全に無効化する）
　光の髪飾り＋4（防御＋100　魔防＋110　精神耐性＋100％）
　略奪王《りやくだつおう》の指輪（与えたダメージ分、回復する）
スキル：『神の打ち手』
称号：『鍛冶師』
　『アイテム中毒』

名前：フィム
性別：女
LV：112
攻撃：2531＋850
防御：2104＋690
魔攻：1757
魔防：2040＋90
速さ：1835
武器：氷炎《ひようえん》の剣（攻撃＋650　冷気と炎による追加ダメージを与える）　※アイスソードにイフリートの角を使用

防具：ラダマイトアーマー＋１（防御＋６５０　魔防＋90　すべての属性耐性＋30％）
　水神のストール（防御＋30　魔防＋１５０　ウォーターガンが使用可能。何度でも使える）
　オーロラガントレット＋１（防御＋40　攻撃＋30　すべての属性攻撃が強化される）
　勇者の証《あかし》（剣装備時、攻撃＋２００　攻撃回数＋２）
　サンダーグローブ（サンダーブリッツが使える）
　妖精《ようせい》のイヤリング（属性攻撃ダメージ＋30％　エルフが装備時、更に属性攻撃ダメージ＋50％）
スキル：『全剣技』
称号：『勇者』
　『聖女の弟子《でし》』
　『聖女の信者』

「夢だ……これは悪い夢を見ているに違いない……。目を覚ませば、私は支部長としてエクセイシア王国を陰《かげ》で支配している……これは、悪い夢……」

「バストゥール様⁉　バストゥール様が倒れたぞー！」

自分は魔道士協会エクセイシア支部の支部長。監獄の異名で恐《おそ》れられた魔道士なり。

来たれ、現実よ。と、バストゥールの精神が限界を迎えようとしていた。

＊　＊　＊

ミッション達成！

超防御の実×5を手に入れた！

効果：防御が＋30される。

レベルの実×5を手に入れた！

効果：レベルが＋1される。

全上昇の実×20を手に入れた！

効果：全ステータスが＋100される。

超攻撃の実×20を手に入れた！

効果：攻撃が＋30される。

超速さの実×20を手に入れた！

効果：速さが＋30される。


「大量ォォ――――！」

「オラに超速さの実くれねぇかな！」

仲良く分け合って実を食べよう。フィムちゃんの分も残してあるけどあの子、素《す》でステータスがガンガン上がる。私なんかこの実がなかったら貧弱《ひんじゃく》ステータスだよ。

「もぐもぐ……ところであと少しでここも制覇《せいは》だな」

「そうだね、もぐもぐ……。ん？　なんかちょっと体が重くない？」

ズシリと何かがのしかかる感覚があった。もぐもぐタイムしてる場合じゃない。

そしてやがて聞こえてくる地響き、研究所全体が揺れている？

「何かくるな……」

「あれは……」

フロアの奥からやってきたのは大きな亀《かめ》だ。トゲトゲしい甲羅《こうら》を背負って、体全体が何かの鉱石で構成されている。その亀が近づくたびに体が重くなった。

ははーん、そういうスキルか何かかな？

「ガメエエエエ――――――！」

「で、報酬は？」


ミッションが発生！
・ガメビトンを討伐する。報酬：大地のマフラー

「っしゃあぁ――――――！」

「マテリ！　あいつの鉱石は使い道がある！」

「じゃあ削《けず》り殺しますかぁ！」

私とミリータちゃんが走って、杖と槌のダブルヒット。ホームランのごとく亀を吹っ飛ばすと、手足を引っ込めた。亀が回転しながら奥のフロアに突っ込む。そのフロアにもたくさんの魔道士たちがいた。

「うおぉぉ！」

「ガ、ガメビトン！　こっちに来るんじゃ……な、い……」

盛大《せいだい》にフロア内をぶっ壊してから甲羅は停止する。そして奥にいた魔道士たちが床《ゆか》に伏せてしまった。重力にやられて身動きがとれないっぽい。もがき苦しんで何かに助けを求めるかのように手を伸《の》ばしていた。

「た、助け……」

「ちぇいやぁぁッ！」

「ぎゃうっ！」

魔道士の一人を杖で叩いてフロアの端《はし》に吹っ飛ばす。

ぐったりとして動かなくなった魔道士だけど、バストゥール討伐完了の告知がない。

じゃあ、次。

「ガ、メェエ……！」

「オラが仕留めるァァ――――！」

ミリータちゃんが叩きにいった時、亀が甲羅から頭を出して口から何かを放った。

射線上の障害物がすべてへこみ、潰《つぶ》れる。見えない重力波が一直線に研究所を破壊したわけだ。

「大したことねぇぇ――――！」

でもミリータちゃんの槌の一撃を頭に受けて砕《くだ》けた。

「やったか⁉」

「ク、クク……」

「なんだべ！」

「ガメビトンは超魔法生物で超魔法具現体……。心臓もなければ急所もない……。そいつは無敵なのだ……すべてを破壊すぐあぁぁッ！」

かろうじて頭だけ上げた魔道士がなんか解説してたけど、普通《ふつう》にミリータちゃんにぶっ叩かれて終わった。

これも告知なし。思わせぶりにしゃべったと思ったらモブかい。ホント誰なのさ。

「ガメェエ――！」

「頭なしでやる気かぁ――！」

ミリータちゃんも何かのスイッチが入ってる。槌でひたすら亀をぶっ叩いて、みるみる形が失われていく。

だけど砕け散った岩がぴくりと動いて、また亀に向かっていった。くっついて、要するに再生だ。

「フ、フハハハ！　いかにお前たちのステータスといえど、そいつは滅《ほろ》ぼせん！　超魔法生物はバベル計画に」

「ファイアボォォ――！」

「アアァァア――！」

はい、またモブ。で、あの亀は超再生しているから倒せないって？

そう、そこまでして報酬を渡《わた》したくないわけか。

「ホンットに……ねぇ？」

私は杖を強く握りしめる。そしてありったけの魔力を杖に注ぎ込んだ。

「ハッ⁉　これは……」

「バストゥール様！　お目覚めですか！　例の少女たちがガメビトンを……」

「まずい！　あのままでは暴走する！」

追って追って追ってここまできて報酬がいつまでも手に入らない。私はミッションが好きなんじゃない。報酬が好きなんだ。

ボスがこそこそと逃げ回って、私にここまで来させてさ。

「何が魔法生体研究所だよ……」

「ま、待て！　少女よ！　一時休戦だ！　ガメビトンを見ろ！　暴走の兆しを見せている！」

「無駄にタフな亀にいつまでも討伐できない魔道士ども……」

「ガメビトンをどうにかしないと、この国ごと滅ぶぞ！　え……」

ユグドラシルの杖と焔の杖から浮《う》かんだのは巨大《きょだい》な火の玉だ。もうすべてを消していい。

「ファァァァ――……イィィ……」

「あ、あぁぁ……」

火の玉を亀に向けて放つ。巨大な火の玉は亀を呑み込み、魔道士を呑み込み。

「ファアアアアアアアァァァァァァ――イアァァァブォォアアアルゥアアァ――――！」

光が、音が、熱が。この場にいる全員を呑み込んで、研究所も消えていく。

「ギャアアァァァ――――――――！」

超爆破が研究所を包んだ。

すべての設備も壁もかき消えて、地下にあったらしいここが爆心地になって地上に噴出《ふんしゅつ》する。大地が大きく揺れた。

＊　＊　＊

「な、なんだ！　今のは地震《じしん》か⁉」

クリードたちがスタンピードの後始末に追われている中、それは突如として起こった。

王都全体を揺るがすほどの地震など、いつ以来だろうかとクリードの胸がざわつく。

「クリード、落ちついたようだな」

「ええ、父上。民の身の安全が心配です」

クリードは今の地震が気になった。彼はこれが自然現象とは思えず、何かの前触《まえぶ》れのようなものとしか感じない。

とてつもない強大な何かが復活するか。神のようなものの怒りか。これを引き起こした主がいるならば、と考えたところで思考を止めた。

そんなものがいるなら、自分たちの手に負えるような存在ではないと思ったからだ。

＊　＊　＊

ミッション達成！

大地のマフラーを手に入れた！

効果：防御＋70　ダメージを受けると一定確率で敵全体に超重力をかける。

神域の聖杖を手に入れた！

効果：この世界のどこかに存在している神域の聖杖。鍛冶の素材。

エンチャントカード・魔道士を手に入れた！

効果：自分の魔攻より相手の魔防が低いほど魔法攻撃時の相手のダメージが上がる。


「ぷっはぁ！　いやぁ、埋もれた埋もれたっ！」

「マテリィ……」

私に続いて地上に頭を出したのはミリータちゃんだ。地下にあった研究所は謎《なぞ》の大爆発のせいで崩壊して埋まってしまった。

体の土と埃を払《はら》ってから、私は手に入れた報酬を眺《なが》める。

「大地のマフラーに神域の聖杖ね。ユグドラシルの杖と似てるね？」

「これは使用用途が広そうだからまた後で……ん？　フィムちゃんはどこいった？」

「あ……」

そういえばフィムちゃんには研究所の入り口での見張りを任せていたんだった。

謎の大爆発のせいで生き埋めに――。

「フィムちゃん！　フィムちゃ――ん！」

「おめぇにも一応、情はあるんだな」

「メタクソに失礼なこと言わないで！」

ふと遠くを見ると、瓦礫の中から腕だけ出てる。

急いで向かって引っ張り出すと、それはフィムちゃんだった。剣を握ったまま気絶してる。

「フィムちゃーん？　生きてる、よね？」

「はぁぁぁッ！」

「うひゃおっ！」

目を覚ましたフィムちゃんが剣を振った。ちょっとかすったんだけど？　直撃したらやばかったんだけど？　私のせいですか、はい。

「し、師匠！　私は一体……」

「研究所は謎の大爆発を起こして崩壊したよ。たぶん実験か何かで失敗したんだと思う」

「そうだったんですか……。それでボクは爆発に巻き込まれたんですね」

「そうそう。ホントひどいよね」

ミリータちゃんがすっごい何か言いたそうな目をしている。

一生のお願いの一つだから、今は黙っていてほしい。それはそうと報酬だよ、報酬。

「がんばった甲斐があって、より輝《かがや》いて見えるぅ……」

「大地のマフラーはどうする？」

「それならオラに考えがある。フィムちゃんに使ってもらったほうがいい」

ミリータちゃんが言うにはフィムちゃんが使う魔法剣も魔法攻撃に該当《がいとう》するらしい。

ステータスを見ると、フィムちゃんの魔攻は素で私に迫るものがある。

それに私はすでに魔法ダメージ二倍だの、訳のわからないオプションがついてるから確かにちょうどいいかな。

「フィムちゃん、魔道士のカード使っていいよ。フィムちゃん？　どうかした？」

「……師匠。ボクはこのままでいいのでしょうか？」

「このままでってどういうこと？」

「師匠に任された役目を果たせず、気がつけば大爆発に巻き込まれて……。改めて修業《しゅぎょう》不足を痛感しました」

「あ、そういう話は後でね」

すっごい面倒《めんどう》なことで悩んでいた。大爆発は私のせいでもあるから、責任を感じないこともない。

でも適当にあーだこーだいえばすぐに、さすが師匠モードに戻ると思う。

「マテリ、エクセイシアの王都に戻るべ」

「そうだね。さすがに疲れちゃった」

今日も平和にミッションを終えることができた。明日からどうしようかな？

＊　＊　＊

「あ、あそこにいるのは黒髪の女神！」

王都へ戻ると、誰かが私を指してそう叫ぶ。確実に人違いだからここは無視が一番です。

それより私はブラッドヘルサンダーフラッペを食べなければいけない。あれは癖《くせ》になる。エクセイシア王都の価値そのものと言っていい。

「黒髪の女神！　あなたが王都を救ったのですね！」

「そういえばミリータちゃん、今日の宿はどうする？」

「そうだなぁ。たまには安い宿もいいんでねえか？」

おかしい。普通に歩いてるだけなのにどんどん人が集まってくる。

まさか黒髪の女神とかいうのが私なはずはない。確かに黒髪だけど、私を女神なんて呼ぶのはクリード王子くらいだ。聖女に続いて女神なんて、そんな大げさなことあるわけないよ。

「安い宿ねぇ」

「贅沢《ぜいたく》ってのはたまにするからいいんだ。豪遊《ごうゆう》が当然になれば、オラたちが討伐した悪徳貴族と似たような金銭感覚になる」

「なるほど、ミリータちゃんはしっかりしてるなぁ」

「黒髪の女神！　王都内に現れた怪物《かいぶつ》を倒してくださってありがとうございます！」

ついに囲まれて動けなくなった。報道陣《じん》か。はぁ、ファフニル国に続いてどうしてこうなった。

こんなのは適当にあしらえばいい。

「人違いですよ。どいてください」

「謙遜《けんそん》しなくても！　王都内ではあなたの噂で持ち切りですよ！」

「それは大変迷惑《めいわく》ですね。どいてください」

「なるほど、よく見れば確かに美少女だ……。あの噂は本当かもしれないな」

いっそのこと、この人たちの討伐ミッションが出てくれないかな。今になってマスコミに囲まれてる芸能人の気持ちがよくわかる。私の噂とかどうでもいいからさ。

「はいはい、邪魔だからどいてくれない？　あと黒髪の女神呼びやめてね」

「ですが女神としか言いようがないんですよ。何せ相手があのクリード王子ですからね」

「ん？　何が？」

なんだろう。すっっっごい嫌《いや》な予感がするんだけど。聞きたくない。

「クリード王子との婚約《こんやく》の噂は本当ですか？」

「ほうら！　ろくでもなかったァ――――！」

よく見ると持て囃《はや》してるのは男ばかり。

一方、女性たちの私を見る目は凄《すさ》まじくてまるで親の仇《かたき》でも見ているかのようだ。そういうのはシャルンテお嬢様《じょうさま》だけで間に合ってるんです。

「ミリータちゃん。ちょっと用事ができた」

「王宮か？」

「うん。事と次第《しだい》によってはただじゃおかないよ、あの王子」

杖を強く握って、私は囲む人たちをかき分けて進む。いざ、黒髪の女神呼び発祥《はっしょう》の地へ。

＊　＊　＊

「ちょうどよかったです。私からもお話があります」

「えっ……」

ねぇ、クリード王子。なんでちょっと顔を赤らめてるの？　熱でもあるんですか？　マジで黒髪の女神及び婚約者の噂の出所があなただったら容赦《ようしゃ》しませんよ？

なんか王様と王妃がニコニコして見守ってるし、ワンチャンあるとか思ってそう。

「マ、マテリから話したまえ」

「いえ、クリード王子からでいいですよ」

お互《たが》い黙ってしまった。よく見たら王妃がクリード王子にハンドサイン出してる。手を握れみたいな指示に見えるけど、噂に関連していたらぶっ飛ばすよ？　私が握るのは杖と報酬だけなんだからね。

「……マテリからで、いい」

「なんでちょっとぎこちなくなってるんですか。じゃあもう私から言いますね」

「あぁ、なんでも言ってくれ」

「さっき王都のほうで黒髪の女神呼ばわりされたんですけど、クリード王子が広めましたか？」

「マテリ、話がある」

「いや、それは知らない。誰がそんなことを？」

このきょとんとした表情、信じていいものか。王都民の戯《たわむ》れだと信じていいのかな？

どっちにしろ広まった呼称《こしょう》はどうにもならないし、これについては置いておこう。

じゃあ、次。

「王都で私とクリード王子が婚約者だと言われたんですけど、まさか広めてませんよね？」

「僕《ぼく》が麗しのマテリの意思を無視して、そんなことするはずがない」

「麗しのマテリ呼びもだいぶ無視してるんでやめてもらっていいですか？」

「すまない、麗し……マテリ」

ちょっとっていうかだいぶ変な人だけど、さすがにそこまで非常識じゃないか。

ということは噂が一人歩きしたんだろうけど、そうなれば王宮から出たとしか考えられない。

あと王妃が肩《かた》に手を置けみたいなハンドサインを送ってた気がしたけど、そろそろ杖をスイングするよ？

「マテリ。だいぶ髪が傷《いた》んでいるようだ。それに埃や土を被《かぶ》っているようだし、よかったら王宮のバスルームを使うといい。召使《めしつか》いに言えば大体のことはしてくれるはずだ」

「急にどうしたんですか。よくそんなのわかりますね」

「まず髪にいつもの艶《つや》がなくて、やや枝毛が目立つ。全体的に肌《はだ》や衣服に汚れが付着していて普段よりも四割ほど薄汚《うすよご》れている。見ればわかるよ」

「シンプルに気持ち悪い」

やばいな。この人は本当にやばい。もう聞きたいことも聞いたし、そろそろ――。

「マテリ。せっかく用意してくれるってんだからお世話になるべ」

「ミ、ミリータさん！　お、王宮にボクたちのような下等で薄汚い下民が足を踏《ふ》み入れるのもおこがましいのに、それはさすがに！」

「フィムちゃんはもう少し自信を持て」

下民なんて言葉、漫画《まんが》でしか使われてないよ。シャルンテすら平民呼ばわりだったもの。

「マテリ！　エクセイシア城の風呂に入る機会なんてねえぞー！」

「うんうん、宿代が浮くしいいよ」

ミリータちゃんが乗り気だし、仕方ない。なぜかこの子、お風呂がすごい好きなんだよね。私も好きだけどさ。

＊　＊　＊

ファフニル国の王宮でも思ったけど、どうしてこうお城のお風呂場はこんなに広いんだろう？泳げそうなほど広い浴槽《よくそう》に私たちは遠慮《えんりょ》なく入って浸《つ》かっている。

しかも侍女《じじょ》らしき人たちがそれぞれヘアメイクなんかで使いそうな道具を持っていた。

「かぁ――――っ！　痺《しび》れるぅ！」

「ミリータちゃんっておっさん臭いよね」

「そうか？」

お父さんもお風呂に入る時、かぁーとかはぁーみたいなこと言ってたからね。

風呂場から聞こえるほど大きい声だった。あれ、何なんだろ？　黙って入りなよと思う。

「師匠、この湯は少々温《ぬる》めでは？」

「別によくない？」

「これでは温すぎて鍛えられないかと……」

「フィムちゃん、入浴はね。鍛えることが目的じゃないんだよ？　体を洗うのが目的なんだよ？」

「そ、そうでした！　やはりまだまだ修業不足ですね……」

いえ、あなたに足りないのは教養と常識ですね。私は勇者の師匠だから、こういうところも教育してあげないといけない。

「明日からどうしようかな？　そろそろ王都を離れてミッションを探さないとね」

「オラは魔道士協会が心配だなぁ」

「そう？　ミッションがくるなら大歓迎だよ」

「支部を一つ潰してる上に、たぶんあの魔法生体研究所は誰にも知られてねぇ場所だ。これが本部に知られたらと思うとなぁ」

「確かに……。どんなミッションと報酬があるのか楽しみだね」

ミリータちゃんとは思考のズレがある気がしてならなかった。気のせい、気のせい。

はぁー、それにしてもこの湯加減は素晴《すば》らしい。

ギリシャ神話に出てきそうなお洒落《しゃれ》なバスルームにこのプールみたいな広さ。

あのクリード王子に頼めば、また入浴させてくれるかな？　今回はこのバスルームに免《めん》じて許してあげよう。

「師匠、見てください。どうですか？」

「なにが？」

「体つきですよ。少しは引き締《し》まったでしょうか？」

「うん。スレンダーでいいと思うよ」

「ホントですか！　よし、鍛えて鍛えて鍛えまくりますよ！」

張り切って泳ぎ始めたフィムちゃん。まぁお胸のほう含めての評価なんですけどね。

私も人のこと言えないし、こんなもの大きかろうが小さかろうがどうでもいい。

大きくすれば報酬がもらえるわけでもあるまいし。

「さて、そろそろ上がろうかな。この分だと暖かいベッドも用意してくれそう」

「あの王子、変なことやりにこなきゃいいがなぁ」

「変なことって？」

「いや、なんでもねぇ」

ミリータちゃんがなぜか呆《あき》れている。何さ、変なことって——


ミッションが発生！
・王宮内に仕掛《しか》けられたマジックボムを３つ破壊する。報酬：紅神石《こうじんせき》

「ミッショオォ————ン！　きったぁ————！」

バスルームで大きく叫んで浴槽で立ち上がった。まさかこんなタイミングでくるとは。

うふ、うふふふふ。

「マテリ！　まさか敵か！」

「いや敵じゃなくて」

「今の叫び声は⁉」

あ、なんかバタバタと誰かが走ってやってくる。私たち、入浴中なんですけど？

まさか入ってこないですよね？

「マテリ！　一体何が」

はい。いっせーの、で。

「てりゃあぁッ！」

「ぐえッ……！」

颯爽《さっそう》とバスルームに登場したクリード王子を杖でぶっ飛ばした。そのまま死んでくれても一向に構わない。

＊　＊　＊

「王子、こんなに大量に鼻血を……！　一体何が！」

「事案が起こりかけました」

駆《か》けつけた騎士たちに適当な返事をした時にはすでに着替えが終わっていた。

あと少し早かったらそこに倒れてる王子と同じ目にあうところだったよ、あなたたち。

ていうか鼻血を出してる時点でバッチリ見られてるじゃん。

もう一発くらいやっておきたいけど、今はミッション！

「騎士の方々！　この城にむぐふぅっ⁉」

「フィムちゃん、余計なことを言わないで」

他の人たちがミッションを攻略したら報酬が貰《もら》えないかもしれないでしょ。

だからこれは私たちだけでマジックボムを見つけて破壊しなきゃいけない。

そもそもマジックボムって何なのってところだけど、爆弾《ばくだん》みたいなものかな？

「マテリ、マジックボムは手のひらサイズで小さい。ただし爆発すれば三つなら城が半壊するかもな」

「ボムはどこかなボムボムボムボム！」

この無駄に広い城内にマジックボムが三つか。だけど私にはわかる。五感のすべてが私にミッションの在《あ》り処《か》を教えてくれる。一つ目のマジックボムは――。

「食堂ゥゥ――――！」

「うわぁ――――！」

王様と王妃が慎《つつ》ましく食事をしていたけど、構わずテーブルをぶっ叩いた。

テーブルの裏側に張り付けられたマジックボムの破片が床に飛び散る。その破片が小さくボンッと破裂《はれつ》して、二人が悲鳴を上げた。

「マ、マテリよ！　何の」

「次ィ――――！」

次次次次！　長い廊下《ろうか》を走って走って、また五感を研ぎ澄ます。

聞け、マテリ。ミッションの産声《うぶごえ》を。

感じろ、マテリ。ミッションの胎動《たいどう》を。

取れ、マテリ。報酬を。お前を呼ぶのは誰だ？

「報酬だァ――――！」

「な、なんだぁ！　騎士団長！　敵襲です！」

そこは騎士団の訓練場だった。大勢の騎士たちが剣を振るって、夜遅くまで訓練に励《はげ》んでらっしゃる。お疲れ様だけど、私のセンサーがここだと言っていた。

「おのれ！　どのようにして城内に入ったのかは知らんが……ん？　君は」

「ちぇいやぁぁ――――！」

「な、何を！」

訓練用の木偶《でく》を杖で叩き飛ばす。あまりの威力に千切れた木偶が壁に衝突《しょうとつ》して亀裂《きれつ》を作った。おかしいな？　確かに私の勘ではここにマジックボムが――。

「ま、まったく何だというのだ！　マテリ殿！　お答えください！」

飛んでいったマジックボムが騎士団長の頭にのっている！　木偶の裏側に張り付いていたものがあんなところに飛んでいくなんて！　そこを見逃《みのが》す私じゃない！

「つぇりゃぁ――！」

「がふっ……！」

騎士団長の頭をぶっ叩くと、またもやマジックボムが破片になって小さく爆発した。

パンパンという音を立てて、もちろん騎士団長を巻き込んでしまう。

兜《かぶと》が取れて、騎士団長の頭髪《とうはつ》が少し寂《さび》しいと気づく。見なかったことに。

「騎士団長――――！」

「ごめんん――――！」

二重の意味でやっちゃった！　でもミッションだからしょうがない！

「マテリ様！　いくら王子の婚約者でも」

「失言ンァ――――！」

「ぐあぁぁ――――！」

杖で失言した騎士を叩き飛ばした。

この騎士が何か勘違いをしているのか、はたまたやっぱり王子が振りまいた話なのかな？　そんなものより今はミッションだ。あと一つ！

「あと一つはぁぁー……」

「どうしたというのだ！」

「お、恐ろしい……」

杖を持ったまま訓練場を徘徊《はいかい》した。私が歩く度《たび》に騎士たちが距離《きょり》を置いて、ついに剣を構える。なに？　邪魔するの？

「あと一つ……あと一つ……」

そもそもこのマジックボムは誰が仕掛けた？

名前からしてあの魔道士協会の人だと思うけど、今までの設置場所に思いを巡《めぐ》らす。

マテリ、思考を研ぎ澄ませなさい。あなたならできる。あなたなら報酬を手にすることができる。あなたにはその資格がある。

城に立ち入ることができる魔道士といえば、捕《つか》まった魔道士協会の魔道士。

そしてもう一人、こういうところに来るのは大体偉い人。支部長のバストゥールだ。こいつはどんなタイミングで仕掛けた？

これまで設置されていた場所は食堂と訓練場。食堂は会食か何かをした時、訓練場はあいつの性格を考えれば偉そうに騎士たちを見下すために視察するはず。

絶対そうだ、こじつけじゃない。私のセンサーがそう言ってる。

バストゥールはなんか多分嫌な奴だから、灯台下暗しみたいなところに設置するはず。

ほぼ会話しなかった気がするけど嫌な奴だから、私のセンサーがそう反応してるから。

そう反応してるから自分を信じてるから間違いないから絶対絶対絶対絶対。

「たぁぁ――――――！」

一切無駄がない走りで私はあるところに向かった。あと一か所、バストゥールがマジックボムを仕掛けられる場所がある。

性格悪すぎるが故《ゆえ》に灯台下暗しを狙ってあそこに仕掛けるはずだ。こじつけじゃない。私のセンサーがそう言ってる言ってる言ってる言ってる。

「そぉこぉおぉおぉ……だぁぁぁ――――――！」

私は城の入り口に辿りついた。

死角になってる桟橋《さんばし》の端に取り付けられたマジックボムめがけて杖をヒット！

砕け散ったマジックボムの破片が堀《ほり》の水面に落ちて破裂した。これで、これでぇ！

「ミッションクリアァ――――――――！」

ミッション達成！　紅神石を手に入れた！

効果：火の神の一部と言われている魔石。鍛冶で使用。

なんかわからないけどすごい石ゲットォォー！

これさっそくミリータちゃんに鍛冶を、あれ？　足場が、なんか。

「あ……栈橋が……」

杖でぶっ叩いたせいで栈橋が崩れた。

「おぉ――ちたぁぁぁ！」

そのまま堀の池に落ちて、また風呂に入るはめになってしまった。

空中ジャンプできることも忘れて、壊した城の中のものを弁償《べんしょう》しなきゃいけないことに気づく。

あのテーブルとかさ、た、高いのかな？

＊　　＊　　＊

「大変申し訳ありませんでした」

私がいた世界に古くから伝わる伝統の作法を王様たちの前で披露《ひろう》した。

華麗《かれい》なる土下座で私は誠意を示している。

この場には目が覚めた騎士団長がいて、まともに顔を合わせられない。頭髪のことは黙ってますので、ここはどうか許してください。

「顔を上げよ。器物破壊については不問とする」

「もうホントにありがとうございます！」

「そなたはこの国の危機を救ったのだ。あれの破片を宮廷魔道士《きゆうてい》に調べさせたところ、三つとも爆破されたら城が崩壊する代物《しろもの》のようだな」

「わぉ」

私は最初からそんなところだと思っていたよ。だから器物破壊なんて気にしてる場合じゃない。冷静に判断した上で、爆発物処理に当たっていたんだ。

騎士団長が難しい顔をして今は兜をかぶっているけど、本当に許してほしい。正義のお心をもったあなたならきっと理解できるはず。

「マテリ殿にはこれまで何度も助けられている。あまり気に病《や》まないでほしい」

「騎士団長、ありがと……」

「犠牲《ぎせい》になったのが抜けた数本の毛でよかった。本当な」

「海より深く反省します」

やだ、すごい根に持ってそう。エリクサーで髪の毛とか生えないのかな？　ダメ？

ごめんね、名前も知らない騎士団長さん。ミッションで毛生えドリンクとか出たら、真っ先にプレゼントします。

「マテリ、一体どうやってマジックボムの存在に気がついたんだ？」

「魔道士協会が何かを企《たくら》んでいるのは私も気づいてました。バストゥールという男、この城にも来てましたよね？」

「あ、あぁ、よくわかったな」

「あのプライドが高くて計算高いバストゥールが何もせずに帰るとは思えません」

バストゥールなんてろくに顔も知らないけど、私の正義の勘がそう告げたんだからしょうがない。

クリード王子が感心したように唸《うな》っている。

「……君にはつくづく驚かされるよ。すべてお見通しというわけか。バストゥールがそこまでする男だとは思わなかったよ」

「そこまでする男だったんですよ」

「マテリ、迷惑かもしれないがますます惚れたよ。君は気高い志を持っているようだけど、僕は諦《あきら》めない」

「マジで迷惑ですね。やめてください」

クリード王子の決意を認めるかのように、王様と王妃が拳をグッと握ってる。グッじゃないんだわ。

暴れたら眠くなってきちゃった。そろそろ寝かせてほしい。

でも王様が咳払《せきばら》いした後、口を開く。

「ところで先日、マテリたちが壊滅させた魔道士協会支部なんだが……。くまなく調べたところによると、魔法生体研究所なるものの存在が明らかになった」

「ち、父上。それは一体？」

「それが詳《くわ》しいことは不明でな。ただ一つ、ハッキリしていることは奴らは我々王族の目を盗《ぬす》んで何かを企んでいるということだ」

「そ、そんなことが……。だとすれば早急に調査を」

「あ、それ潰しました」

目が点になってる場合じゃない。

爆発物処理に続いて、魔道士協会のろくでもない計画を食い止めたんだ。そろそろ報酬の一つや二つや三つや四つや五つや六つや七つくらい貰ってもいい。

「マ、マテリ。それは、ほ、本当かい？」

「じゃあ今から確認します？」

「どうやって……」

「ちょっと失礼します」

王族どもを巻き込んで私は転移の宝珠を使った。

＊　＊　＊

「マジだった」

王様らしからぬ一言だ。研究所跡《あと》に転移してから、また王の間に戻ってきた。

瓦礫の山になった魔法生体研究所でしばらく呆然《ぼうぜん》としてたな。戻ってきてもまだショックを受けたままだった。

「マテリ……。君はすでに先回りして、彼らの施設を壊滅したのか。いや、それより……」

「な、なんでしょうか？」

「君のその力が不思議でならない。魔道士協会の支部の魔道士たち……特にラウクドやマリアーナは単体で騎士団の小隊に匹敵《ひってき》するほどの実力者だった。彼らほどじゃなくても、魔道士とはそれほどの存在なんだ。だからこそ、のさばらせてしまったのだが……」

「魔道士協会の支部を調べたなら、私の力がどんなものかはわかってるんじゃないですか？」

「……彼らは神器と呼んでいたな」

王様や王妃、クリード王子が黙り込んだ。さて、これで私の役目は終わりかな。

あの意味不明な研究所の調査もこれから始まっていくだろうし、私たちはそろそろ旅立とう。

「まずは今回の件を含めた報酬を受け取ってほしい。おい、もってきてくれ」

「はい。こちらに……」

召使いがジャラジャラと音がする袋《ふくろ》を両手に持っている。なんだか素敵《すてき》な音ですね。ワクワクします。

「今はこの程度しか用意できなかった」

「えーと、これいくらあるんですかね」

「２０００万ゴールドだがやぁ――――！」

「うわっ！　ミリータちゃん⁉　ホントに！」

運ばれてきた硬貨《こうか》の量がえげつない。これが王族の風格と気前か。

「もちろんこれからの働きに応じて、報酬を追加しよう」

「ホントにですかぁ！」

「あぁ、報酬と聞いた時の君は実に輝いている。素敵だよ」

「アリガトウゴザイマス」

なんか微妙に気持ち悪くて素直に喜べない。でもお礼を言わないほど私は非常識じゃないよ。人として当たり前だよ。

「それと君たちについては僕たちが可能な限り、バックアップする。国内各地の有力な貴族たち、駐留《ちゆうりゆう》している騎士たちに君たちの支援を約束させるよ」

「クリード王子、私はあなたを色ボケのスットコドッコイだと誤解していました」

「現地で困ったことがあれば、領主を訪ねるといい。この偽造《ぎぞう》不可の王印証もきっと役立つ」

「突っ込みをスルーするその貫禄《かんろく》、さすが王子という立場なだけありますね」

この王印証とかいうの、あの印籠《いんろう》みたいな感じだ。この印籠が目に入らぬかってやればいいのかな？　なんだか心がフワフワしてきた。

なんたってミッション以外でここまで手厚い恩恵《おんけい》を受けられるなんて、夢にも思ってなかったもの。特にこの王印証、この触《さわ》り心地。

「お、王子。お言葉ですが王印証はさすがに……。それを提示してしまえば、国で立ち入りを制限している土地やダンジョンへ入ることができてしまいます。国の治安を一身に抱えている騎士団としては安易に賛同できませぬ」

「騎士団長、気持ちはわかるがすべての責任は僕たちが持つ。これは父上と母上と相談して、前から決めていたことなのだ。僕は……いや。僕たちはマテリを信じている。万が一にでもマテリの失態があれば、それは王族の責任だ」

「そ、そこまでとは！　いや、その……いかがかと！　それは本当にいかがかと！」

二回も言うんじゃない、騎士団長。あまり怒ると頭髪に響くよ。

せっかく私の正義が認められたんだからさ。

第三章　楽しいダンジョン攻略とブラウンヘッド

魔道士《まどうし》協会本部から来たズガイアは現実を粛々《しゆくしゆく》と受け入れた。

魔法生体研究所は無残に破壊《はかい》されて、生存者はほぼ絶望的。研究データや成果もすべて埋《う》もれてしまっていた。

ズガイアは魔道士協会本部から抜《ぬ》き打ちの視察で来ている。

瓦礫《がれき》の山を歩きながら、

「ひどい有様だ」

一体何が起こったかとズガイアは疑問に思うが、あくまで冷静だ。

魔道士とは常に頭がクリアでなければいけない。与《あた》えられた魔力にかまけて力に溺《おぼ》れる。そんな精神性では魔道士など務まらないとズガイアは己《おのれ》を律した。

「かすかに反応があるな……この辺りか」

ズガイアが片手を瓦礫に向けると、一つずつ宙に浮《う》く。瓦礫を操《あやつ》ってどかしていくと、埋もれていた魔道士を発見した。そのローブの紋章《もんしよう》からして、ズガイアは支部長のバストゥールだと判別した。

「エンジェルヒール」

「う……」

あと数分でも遅《おそ》ければバストゥールは息絶えていた。魔法障壁《しょうへき》、立ち位置、瓦礫の量。偶然《ぐうぜん》に偶然がいくつも重なって奇跡《きせき》的に生きている。

エクセイシア支部の支部長を務めているのはバストゥールであり、監獄《かんごく》の異名で知られている。本部からも目をかけられていた魔道士だとズガイアは認識《にんしき》していた。

「話せるか？」

「あ、なたは……」

「本部より視察にきた評議会直属『六神徒』のズガイアだ」

「本部!? 髑髏《どくろ》魔道士と呼ばれた……」

「何があった。話せ」

各国における支部のトップに選ばれることは並ではない。

魔道士協会の中でも実績を積み、評議会の目や耳にそれを知覚させる必要がある。世界各地にいる魔道士協会員はおおよそ五千人以上。

多くが認知されている属性魔法しか使えない中、固有魔法を使える魔道士はそれだけで目立つ。それが前提であり、更《さら》に例を挙げるなら単独でレベル50以上の魔物を討伐《とうばつ》した者や神器を集めるなどした者が支部長候補となる。

つまりバストゥールはそれだけの実績を積んでいた。そのバストゥールが弱々しい声で経緯《けいい》を語った。

「多数の神器を所有する少女とその仲間、か」

「あれは……あれは、人ではないかもしれません……。私の結界もまったく通用せず……」

「……超《ちょう》魔法生物すら歯が立たなかったのは由々《ゆゆ》しき問題だな。なぜ少女はここを特定できた？」

「わ、わかりません……。自分としては完璧《かんぺき》に隠蔽《いんぺい》したつもりなのですが……」

「ふむ……」

ズガイアが再び瓦礫を浮かして除去すると、数多《あまた》の魔法生物の死体が出てきた。

どれも発展途上《とじょう》の仕上がりで悪くはない。

結界によって隠蔽されていたこの場所を特定して、これだけの数を相手にした少女についてズガイアは考えた。しかし、それ以前に明らかにしておきたいことがある。

「少女のステータスは調べたのか？」

「そ、それが、し、信じていただけないかと……」

「なんだ？　お前が最後に本部に提出したステータスによれば、魔攻《まこう》こそ１５０半ばだが魔防は４００を超《こ》えている。これを貫《つらぬ》くとなれば、かなり手段は限られてくるが？」

「四桁《けた》……」

「なに？」

「すべてが、四桁……」

ズガイアは一度、考え直す。

バストゥールが真実を口にしていると仮定して、それは確実に人間ではないと予想した。人間に似た種族ならばエルフやドワーフがいる。

仮にエルフだとすれば、不可侵《ふかしん》国の女王が見過ごさない。不可侵国と呼ばれているだけあって、入出国は厳しく管理している。そう考えたズガイアは国外のエルフ、つまり野良《のら》エルフの仕業《しわざ》かと思った。

「そいつはエルフか？」

「いえ……見た目は人間でした」

魔道士協会の魔道士たちは神の民《たみ》としてエルフに一定の敬意を払《はら》っている。しかしズガイアは自分たちが何かしらの逆鱗《げきりん》に触《ふ》れた可能性も考えた。

現状、ステータスが四桁とされている者は非常に限られている。例えば女王のステータスは開示されていないが、魔攻や魔防は四桁という噂《うわさ》がある。

ズガイアはバストゥールに少女たちの特徴《とくちょう》をすべて話させた。結果、どのような人物とも該当《がいとう》しない。となればやはりスキルか、とズガイアは思案する。

「本当に稀《まれ》にだが、スキル一つで化け物と呼ばれる存在になることがある。しかしそれはこの世界の人間ではありえないことだ」

「と、言いますと？」

「わかるだろう？」

「ま、まさか！　い、異世界召喚《しょうかん》とでも？」

ズガイア自身、認めたくはなかった。

異世界召喚は魔道士協会でも禁忌《きんき》とされており、仮に魔界の怪物《かいぶつ》が呼び出されてしまえばこの世は終わる。あんなものに手を出す愚《おろ》か者がいるとはズガイアも考えたくなかった。

「わかった。バストゥール、よく報告してくれた」

「あ、ありがとうございます！　このご恩は身をもって」

「あぁ、そうさせてもらうよ」

「え……」

ズガイアは魔法でバストゥールの体を宙に浮かせた。バストゥールの全身の関節があらぬ方向へ折れ曲がり、苦悶《くもん》の表情を浮かべる。

「ぐあぁぁッ！　あぁぁぎぎぁぁがぎゃがあがががが！」

「これから大仕事が始まるのだ。お前にも役立ってもらうのだよ」

「やめ……」

首の骨を折ったところで、ズガイアはバストゥールの死体を地面に下ろした。

「遍《あまね》く迷いし冥府《めいふ》の汝《なんじ》、常闇《とこやみ》の下僕《げぼく》となりて顕現《けんげん》せよ……」

バストゥールの体がぴくりと動き出して、立ち上がる。その虚《うつ》ろな瞳《ひとみ》が死者であることを物語っていた。更に瓦礫の下から次々と死者たちが這《は》いあがってくる。

魔法生物、魔道士たちが出てくる様はこの世の終わりのようだった。

「フフ……これだけの下僕を従えるのはいつ以来か。まったく手間をかけさせる」

バストゥールの話が本当と仮定して、ズガイアは少女を始末すると決めた。

「これよりエクセイシアは髑髏魔道士ズガイアによって恐怖《きようふ》の底に落とされる」

ズガイアは先端《せんたん》に髑髏が取り付けられた杖《つえ》をくるりと回した。

＊　＊　＊

国が管理している施設《しせつ》や土地、ダンジョンの情報を得た上で私たちは一つずつ向かうことにした。クリード王子が気前よく王印証をくれたものだから、この国において侵入《しんにゅう》できない場所はない。冷静に考えなくても正気ですかと聞きたくなるのだけど、なんであの人は私にそこまで入れ込《こ》むんだろう？

容姿はまぁ悪くはないと思うけど、それなら身綺麗《みぎれい》にしている貴族の女の子のほうがよっぽど似合う。と、魔道車の中でミリータちゃんとフィムちゃんに相談したところ——。

「ああいうお偉《えら》いさんってのはな、一般《いっぱん》的な性癖《せいへき》とは違《ちが》うことが多い。中には変態的な趣味《しゅみ》に走るのもいるって聞くべ」

「師匠《ししょう》の魅力《みりょく》をもってすれば、この世の男性全員を惚《ほ》れさせることができますよ！」

私はサキュバスか何かですかね。

あとミリータちゃんの見解はたぶん私じゃなかったら怒《おこ》るか泣くかと思う。

私相手だからって言っていいことと悪いことがある。

「で、マテリ。今回の目的地のアレリア遺跡《いせき》だけどな。一級冒険者《ぼうけんしゃ》以外、本来は入れねぇ」

「知ってるよ。だから王印証とかいうよくわからないアイテムで突破しようとしてるんでしょ」

「そんな条件なのに、ここからまともな状態で帰ってきた奴《やつ》はほとんどいねぇんだ」

「なにそれ」

魔道車を走らせながら、ミリータちゃんが語ってくれた。

アレリア遺跡はいつからあるのか、何の目的で建てられたのか。すべてが不明。

未《いま》だ誰《だれ》も完全に探索《たんさく》を終えた人はいなくて、帰らぬ人となる率80％。

遺跡の出口まで辿《たど》り着いて息絶えた率12％。

記憶《きおく》をなくす・幼児退行・白髪《はくはつ》・ハゲ率７％。

満身創痍《まんしんそうい》で帰ってきた率１％。

中で何があったのか。どんなものがあるのか。すべてが不明。

こんなことばかり起こるものだから、いつしか一級冒険者以外お断りなダンジョンになったらしい。

「正直、オラは気が進まねぇな。それにマテリ、おめぇが期待するような宝があるとも限らねぇ」

「まぁそこはね。でもせっかくだからエクセイシア中を探索しておきたいでしょ」

「そうですよ！　修業《しゅぎょう》に終わりはありませんっ！」

性能的にはミリータちゃんのほうが脳筋っぽいのに、フィムちゃんのほうが性格それっぽい。

それはともかくとして、ミリータちゃんが言うこともわからないでもない。

でも私としてはクリア報酬《ほうしゅう》で手に入るアイテムもいいけど、たまには生で手に入れるお宝の快感ってのがほしい。

「そろそろ着く。お、すでに先客がかなりいるな」

「条件きつい割には人気スポットなんだね」

到着《とうちゃく》してみると、アレリア遺跡の前で王国騎士《きし》たちが番を張っている。そしてその周辺には複数のテントが張られていて、たくさんの冒険者が集《つど》っていた。これが全部、一級？

「なんだかすごいね」

「おっかしいなぁ。ここまで盛況《せいきょう》なはずはねぇんだけどなぁ？」

「つ、強そうな方々がたくさんいます……！」

フィムちゃんがめっちゃ気を引き締《し》めているけど、全員を相手にしてもあなたが勝ちますよ。

私たちが魔道車を降りて近づくと、冒険者の数人が気づいた。

そしていかにもといった感じで、ニヤニヤしている。

「おう、お嬢《じょう》ちゃんたち。観光か？」

「違うけど？」

「ま、わかってるよ。冒険者だろ？　大方、あの領主の報酬目当てだろう」

「ほーしゅー!?」

「ここら一帯を治める領主のイグナフは家宝と引き換《か》えに、この奥《おく》にある神器を持ってこいとお触れを出したんだ」

なるほど、話が見えた。それで強欲《ごうよく》どもが欲望を抑《おさ》えきれずに、こんな危険地帯に群がっているわけだ。

しかも話によると、その家宝は売れば七代先まで遊んで暮らせるほどの価値があるらしい。

「お前ら、等級は？」

「冒険者じゃないよ」

「ハッ！　それならダメだ！　ここは一級冒険者以外、立ち入りできないんだからな！　俺《おれ》たちはもちろん一級だ！」

「あ、そう」

イキってる冒険者たちを素通《すどお》りして、騎士たちによくわからない王印証を見せた。

最初こそ訝《いぶか》しがっていた騎士だけど、それを見て青ざめる。

「お、お、おーいん……しょー……」

「これで入れますよね？」

「この王印証を偽造《ぎぞう》しようとしても、色がヘドロ色になる……だがこれは金色だ。騎士学校で本物の絵を見たことがあるが、まさか実物を拝むことになるとはな……」

「いや、ヘドロ色って」

騎士が狼狽《ろうばい》して、冒険者たちがざわめいている。

どういう仕組みでヘドロ色になるのかさっぱりわからないけど、どうでもいいか。

これで晴れてアレリア遺跡に入ることができる。ところが冒険者たちが騎士に詰《つ》め寄った。

「おい、待てよ。どういう手段か知らないが、俺は信じないぜ。騎士さんよ、あんたもおかしいと思わないか？」

「いや、あれは本物だ。現にヘドロ色ではない」

「どういう仕組みで偽物《にせもの》ならそうなるってんだよ。あんた、騙《だま》されてるぜ」

「いや、まぁ言われてみれば確かにそうだが……」

納得《なっとく》しないでよ。そりゃ私だって納得してない。

だけど、このシステムがまかり通っていたことにあなたたちが疑問を持ったらお終《しま》いなんですけど。

ずかずかとまた近づいてきて、高い背丈《せたけ》をもって冒険者たちが私を見下ろした。激しく息が臭《くさ》い。

「おい、お嬢ちゃんたちよ。悪いことは言わないから、ここに入るのはやめておきな」

「そうだ。一級冒険者パーティのアイスファングと言えばわかるだろ？」

「狙《ねら》った獲物《えもの》はもちろん、敵対した奴はもれなく氷の爪《つめ》に」


ミッションが発生！
・アイスファングを討伐する。報酬：アイスクラッシュ

「ちぇりあぁぁッ！」

「ぐぇぇッ！」

「あぎゃっ！」

「うぐぉぉ――！」

ミッション達成！　アイスクラッシュを手に入れた！
効果：氷を砕《くだ》いて氷菓子《がし》を作ることができる。

アレリア遺跡にはもしかすると、古代人の遺品が眠《ねむ》っている可能性がある。

そんな遺跡を荒《あら》そうとしている連中を野放しにしておくほど、私は薄情《はくじょう》じゃない。

欲深き冒険者たちはなんとしてでもここで成敗《せいばい》すべきだと判断した。

「ア、アイスファングが……ウソだろ⁉」

「杖を振《ふ》っただけで倒《たお》された！」

「いや、スキルだろ！　じゃなきゃありえねぇ！」

「パーティ単位でレベル50以上の魔物を討伐した実績もあるんだぞ！」

騒然《そうぜん》としてる中、私はこのアイスクラッシュをまじまじと見つめた。

これさ、要するにかき氷機じゃん。いや、いいんだけどね。好きだし。

でもこれがこの世界において、すごいアイテムになると思うと複雑な気持ちだ。

ブラッドヘルサンダーフラッペはあるのに、かき氷はないとかさ。

＊　＊　＊

アレリア遺跡に到着した！　聖女のロザリオを手に入れた！
効果：味方全体が受けるダメージを少し軽減する。

シンプルに素敵《すてき》！　まさに聖女の加護を受けている気分になれるね。

「マテリ、おめぇが聖女だ」

「絶対さ、心の底からそう思ってないよね？」

とはいえ、聖女として祭り上げられたのは事実だから反論できない。

そもそも聖女ってなにさ。ソアリス教の聖女もよくわからないし、割と謎概念《なぞがいねん》だ。

「この遺跡、すごいね」

ダンジョンマップを見ると、魔法生体研究所とは比較《ひかく》にならないほど複雑だった。

迷路《めいろ》と迷路が合体して、指でなぞってもゴールがどこかわからない。

なるほど。ここが危険と言われている理由の一つがこれか。迷い込んだら一生、出られない。シンプルに危険です。

「何がひどいかって、宝なんかほとんどない。この強く光っているところに神器があるのかな？」

「ドワーフの感覚からしても、ここは入るべきじゃねえなー？」

私としては中心部にあるお宝が気になってしょうがない。

このアレリア遺跡にあるお宝はこれのみ、後はトラップがある可能性が高いとミリータちゃんは言う。

「待て、抜け駆《が》けは許さんぞ」

「うわぁ」

遺跡に入ってきたのは一級冒険者パーティの紅《くれない》の刃《やいば》だ。

王都でプリンプルンのネバネバにやられてから姿を見ないと思ったら、こんなところに来ていたんだ。

四天王や王都での戦いに続いて、ここまで自信満々で登場できるメンタルがすごい。

「む！　だ、誰かと思えばいつかのジャリ娘《むすめ》！　まぁたお前かぁ！」

「それあなたたちの五億倍くらい私が思ってるよ」

「クソッ！　やっぱり神器狙いだろう！」

「遺跡探索と古代文明の解明だよ」

「ウソをつくな！　どけっ！」

ずかずかと歩いてきて、私たちを強引《ごういん》にどけて奥へと進んでいく。

ウソとかひどいな。私がそんなに強欲にまみれた人間に見える？　紅の刃、一級冒険者パーティのくせに人を見る目がない。

「あんな人たちは置いて、私たちも」

「落とし穴がぁぁうあぁぁぁ――――――！」

なんか聞こえた？　紅の刃の姿がどこにもないけど関係ないか。

これも欲丸出しで遺跡を荒そうとした罰《ばつ》だね。私たちは堅実《けんじつ》に歩を進めよう。

「ミリータちゃん、こっちで合ってる？」

「あぁ」

このカビ臭い石の中みたいな通路を進むうちに、なんだか静かになってきた。

ミリータちゃんとフィムちゃんも黙《だま》り込んでる。

「ねぇ、ちょっとダンジョンマップを見せて」

「あん？　おめぇに見せるもんなんてねぇな」

「え……」

「下らねぇ遊びに付き合わされて、何が報酬だ」

え？　あの、ミリータちゃん？　いや、ミリータさん？

「フィムちゃん、なんかミリータちゃんの様子がおかしくない？」

「おかしいのは師匠ですよ。いつになったら修業できるんですか？　何も出てこないじゃないですか」

「フィムさん？」

さん付けで呼んでる場合じゃない。なにこれ？　なんでいきなり嫌《きら》われちゃったの？

ミリータちゃんが腕《うで》を組んで私を睨《にら》みつけて、フィムちゃんが唾《つば》を吐《は》いている。

そんな子に育てた覚えはありませんよ？

「ふ、二人とも。落ち着こう。確かにちょっと強引だった、悪かった」

「謝《あやま》って取り繕《つくろ》っても無駄《むだ》だ。下らねぇ」

「じゃあ、どうすれば」


新たなミッションが発生！
・メタモルシャドウを2匹《ひき》討伐する。報酬：全上昇《ぜんじょうしょう》の実×4

「つぇあぁぁ――――ッ！」

「ギギギィ――――！」

「ギェ――――！」


ミッション達成！

全上昇の実×4を手に入れた！

ミリータちゃんとフィムちゃんだったものを杖でぶっ叩《たた》くと、黒い影《かげ》が分散して消失した。

偽物で惑《まど》わそうとしたみたいだけど、私には通用しない。これまで寝食《しんしょく》を共にしてきたおかげで、私たちの絆《きずな》はより深まっている。魔物を仲間と思い込むような浅い関係じゃないんだ。

「マテリ――――！」

「師匠、ご無事ですか！」

ミリータちゃんとフィムちゃんが後ろから駆《か》けつけてくれた。ほら、心は引き離《はな》せない。通じ合っていればこうして合流できる。

「いつの間にかいなくなっちまったから驚《おどろ》いたぞ……」

「師匠、どうしていなくなったんですか？」

「それはこっちのセリフだよ。突然、二人の偽物が現れてさ」

「偽物ォ！」

話し方や癖《くせ》で私は二人が本物だと確信した。

長い間、一緒《いっしょ》にいたからこそわかる。この安心感は紛《まぎ》れもなく本物だ。

「おめぇには呆《あき》れるべ。こんなところで単独行動するなんてよ」

「そうですよ、師匠。いくら報酬に目が眩《くら》んだからって一人で進むなんてバカですね」

「え、そこまで言う？」

「言いますよ？」

「フィムちゃん……」

やっぱり怒ってるのかな？　フィムちゃんがそんなことを言うなんて信じられない。

「大体、マテリ。おめぇなぁ」

新たなミッションが発生！
・メタモルシャドウを2匹討伐する。報酬：超速さの実×4

「たりゃあぁぁ――――！」

「カゲェ――！」

「シャドゥア――――！」


ミッション達成！

超速さの実×4を手に入れた！


またしても影の魔物が散って消えた。

懲《こ》りずに私を騙そうとしたみたいだけど、その手は通用しない。私が二人の偽物だと見抜けないわけないでしょ。一切動揺《いっさいどうよう》なんかしてない。してないけどさ。

「アレリア遺跡さぁ……ふざけてんね？」

今まで冒険者たちがまともな状態で帰ってこなかった理由がよくわかった。

今の魔物に騙されて仲間割れなんてしてたら、それこそトラウマにしかならない。

いや、仲間割れならまだいいほうだ。最悪、仲間の手にかかって殺される可能性だってある。

「ダンジョンのくせに人様になにしてくれてんの？」

もし、もしもの話だけど。これをやっているボスみたいなのがいるならさ。

「あんた、壊《こわ》すよ？」

私は杖で壁《かべ》を破壊した。本物の二人をどこへやった？

私に報酬さえ与えておけば満足すると思ったら大間違いだよ？

アレリア遺跡、あんたにできることはとっとと二人を返して報酬もよこすこと。

それだけだよ。

＊　＊　＊

「マテリ、少し休むか？」

「いや、いいよ」

気がついたら、オラたちはフィムちゃんと分断されちまった。

フィムちゃんの姿がなくて、いつからこうなったんだかわかんね。最初こそどーすっかなーって感じだったけど悩《なや》んでも仕方ねぇ。

オラたちが最深部に辿りついて神器を手に入れた後でゆっくりと探せばいいんだ。

「ここから先はまた偉い複雑だなぁ。ダンジョンマップがあっても頭が痛くなる」

「ミリータちゃん、フィムちゃんが心配じゃない？」

「まぁな。でも捜《さが》すより進んだほうがいい」

「そうかなー？」

マテリが首を傾《かし》げている。オラとマテリの出会いを誰かに語ると笑い話になるかもしれねぇな。

当初は宝の匂《にお》いがするなんて理由でついてきちまったし、ややオラも毒されてるのは否《いな》めねぇ。だけど後悔《こうかい》する瞬間《しゅんかん》があるのが、オラとしても頭が痛かった。

何せこのマテリは報酬のためなら、あらゆる倫理観《りんりかん》や状況《じょうきょう》判断力が吹《ふ》っ飛ぶ。

ブライアスに狙われた時も普通《ふつう》、ちょっとは躊躇《ちゅうちょ》するべ？　それがノータイムでぶちのめして、後のことなんて考えもしねぇ始末だ。いや、あの時はオラも調子に乗ったけどな。

マテリほどじゃねえが、どうもオラはアイテム中毒になっちまったらしい。よくねぇことだとわかっていても、マテリが夢中になるとオラにもスイッチが入る。

「はー、クッソだるいねー」

「おめぇが攻略しようと言い出したんだからな」

「とっとと攻略しちゃおう。報酬が待ってるからね」

「そーだなぁ」

マテリに物欲のスイッチが入った時、オラに向かって導火線の火花が向かってくる。

そしてオラも目先のアイテムのことしか考えられなくなるんだ。

毒されてる？　中毒が移った？　まぁオラもこれは正直に言えばまずいと思う。

マテリと行動していたら、いつかとんでもない目にあうんじゃねえかってたまに思う。

ていうかすでに手遅《ておく》れ感さえあるんだけどな。

でも、それでも。不思議と離れようとは思わないんだな、これが。自分でもよくわかんね。

マテリっつう奴は決して褒《ほ》められた性格をしてねぇし何なら最悪かもしれねぇ。

でも何かに一途《いちず》に向かうその姿勢はオラも実は尊敬してる。

オラは子どもだからという理由で店を出させてもらえず、最初はドグたちのもとで修業するように言われたんだ。

修業なら我慢《がまん》するしかねぇと思ってたが、ドグがオラにやらせるのは雑用ばっかりだった。槌《つち》に触《さわ》らせてもくれねぇ。

オラはいつになったら鍛冶《かじ》ができる？　このまま一生を終えるのか？　そんな時に現れたのがこいつだった。

「ミリータちゃん、まだ着かない？」

「まだまだ。急がば回れ、だ」

オラの前に現れたマテリは躊躇なくドグをぶっ飛ばした。それも何の前触れもなく、オラは呆気《あっけ》にとられたっけな。

最初こそこいつ頭おかしいんでねえかって思ったけど、それがクリア報酬のせいだと知って半分は納得した。もう半分は今でも頭おかしいって思ってる。

でもあれがオラにとってすげぇ力になったのは事実だ。

あの時、マテリが現れてくれなかったらオラは何の決意もできずに下働きをさせられていたんだ。ようやく一人前と認められた時にはいい歳《とし》になっちまってる。

そんな風にオラが囚《とら》われていた常識を、マテリはぶち破った。その時にオラ、思ったんだ。自分はなんてちっぽけなことで悩んでいたのかってな。

マテリはほとんど悩《なや》まねぇ。食事だってフィムちゃんは食べる順番を考えて、よく噛《か》んで食べてる。マテリの食事は早い。手が止まるってことがねぇ。

今回のアレリア遺跡探索だって、王都から近い場所という理由だけであっさりと決めちまった。

「ここを左だな」

「ホントに？　大丈夫《だいじょうぶ》？　ちょっと心配だなぁ」

相手が兵隊長だろうが騎士団長だろうが貴族だろうが王子だろうが魔界の王だろうが、マテリはいい意味でも悪い意味でも平等だ。

欲望の赴《おもむ》くままに行動して、結果的にありとあらゆる人間を認めさせちまった。そう、マテリはいつだって一途《いちず》なんだ。

「あれー？　何もないじゃん！　ミリータちゃん、ホントにダンジョンマップ見ながら進んでる？」

「マテリ、道を間違えちまった」

「えぇ――――！　最悪！　ミリータちゃんってそういうところあるよね！」

「すまん」

オラたちはマテリについてきた。まだそんなに長い付き合いでもねぇ。だけどこれだけはわかる。

「マテリ、少し引き返す」

「はぁ、そうだね。帰ろ帰ろ」

オラが両手に持つのは槌。マテリが誰かに頼《たよ》ったり迷えば絶対に手に入らなかった闘神《とうしん》の槌だ。強く握《にぎ》りしめて、帰ろうとしたマテリの背後に立つ。

「マテリ、報酬はどうするんだ？」

「欲《ほ》しいけど帰るしかないでしょ。ミリータちゃんが道を間違えて台無しにしたんだからさぁ」

マテリが報酬を放棄《ほうき》する？　バカにするんじゃねぇ。

「うりゃあぁぁ――――！」

「ギギィアアァ――――――！」

マテリを叩き潰《つぶ》すと黒い影が分散して叫《さけ》ぶ。なんて名前かさっぱりわからねぇが相手が悪かったな。

「ミッション達成……か？　いや、オラには報酬なんてねぇか」

報酬を前にしたマテリのテンションは魔物が真似《まね》できるものでねぇ。

もしマテリがオラの偽物に襲《おそ》われても、最初から見抜いてるはずだ。こんなものに騙されて狼狽するようなタマじゃないのはわかってる。

まさか討伐ミッションが出たと同時に気づくなんてことはねぇ。ねぇはずなんだ。

「マテリ、オラたちの絆は誰にも壊せねぇ……よな？」

なぜかそう確信できないオラがいた。これじゃいくらなんでもマテリに失礼だ。

報酬が絡《から》まないとこんな魔物に騙されるなんて、そんなことは。なんだか急に自信がなくなってきた。

＊　　＊　　＊

ボク、フィムはエルフたちが住むエルフィンで生まれました。ボクの国は不可侵国と呼ばれていて、入出国が厳しいのです。

エルフの女王様はエルフが持つ力を悪用してはいけないと考えていて、悪いことをしたエルフを国から出さないのです。だから外に出られるのはいいことをしたエルフだけです。

ボクのお父さんとお母さんはエルフィンで幸せに暮らしてるのです。ボクのやりたいことをやりなさいと言って外に出ることを許してくれました。

女王様もボクならエルフの力を正しいことに使ってくれると言ってました。でもボク、実は魔法なんてほとんど使えません。

それを女王様に言っても、ボクにはボクの力があると言うだけなのです。

「はぁ……。師匠とミリータさんとはぐれちゃいました……」

気がついたらボクは一人になっていたのです。ボクが未熟だからきっと罠《わな》にはまったに違いないのです。これはきっと魔法トラップです。

魔法トラップの中には無音で発動するものがあって、見分けるのが難しいと聞きました。先を急いだ紅の刃の人たちが落ちた落とし穴もそうだと思います。

一級冒険者が安易なトラップに引っかかるはずがないのです。このダンジョン、手強《てごわ》いです。

「師匠はきっと未熟なボクに試練を与えたのです。一人の力で道を切り開け、と」

師匠はとてもすごい人です。

ボクが苦戦したエンシェントワームをあっさりと倒したのです。その強さをもってボクの命を救ってくれたのです。あの瞬間、ボクは確信しました。あの方こそが勇者だと。

ボクはファフニルの王様に勇者だと称《たた》えられて浮かれていたのです。

エルフィンを出て修業の旅で力をつけて、ようやく力を認められて嬉《うれ》しかったのです。

でも師匠はそんなボクを叱咤《しった》するかのごとく、あのエンシェントワームを討伐しました。

師匠は自分の力はアイテムによるものだと謙遜《けんそん》していましたが、それだけで得られる強さじゃないのです。

師匠の戦いは常に鬼気迫《ききせま》るものがあり、どんな相手にも容赦《ようしゃ》がないのです。

ステータスの高さの上にあぐらをかくことなく、師匠は敵を徹底《てってい》して叩き潰すのです。

対してボクはどこか隙《すき》があったのかもしれません。レベルさえ上げればいい。そんなボクに師匠は活を入れたのです。

「ボクは戦いを甘《あま》くみている……」

「あ、フィムちゃん！」

「師匠⁉」

師匠が手を振って走ってきたのです。やっぱりさすが師匠です。無傷でボクを見つけてくれたのです。

「フィムちゃん、無事でよかったよ。ミリータちゃんは？」

「いえ、はぐれたままです……」

「そっか。まぁいいや」

師匠？　なんだか違和《いわ》感があるのです。いえ、きっと長い目で見ればきっと出会える。そういう意味なのです。

「フィムちゃん、警戒《けいかい》しながら歩いてね」

「は、はい」

師匠はボクの後ろを歩いてます。いつもは先頭に立って嬉しそうに歩くのに変なのです。いえ、ボクに前を守れと言っているのかもしれません。

常に警戒を怠《おこた》るなという、師匠なりのアドバイスです。すると通路に大きな穴が開いてました。

「わ、すっごい穴！　これ通れないなぁ」

「師匠、飛びましょう」

「は？」

「ていっ！」

大ジャンプで穴を飛び越《こ》えて師匠を振り返りました。

ところが師匠はまだ向こう側にいます。いつもなら私の数倍は跳《と》んで走っていくのに？

「師匠？」

「はい、行こうね」

「わっ！　師匠、いつの間にこっちに⁉」

ボクの背後に師匠がいました。見えない速さで私の背後に？　さすが、師匠？

そして歩き出した師匠はとてもゆったりしてます。いつもなら私が追いつけないほど速いのに。

「あ……魔物ですね」

進むと、少し広いフロアに魔物が二匹います。

あれは確かロストタイガー、太古の昔から生き延びていると言われている難敵です。確かレベルは40を超えるはずです。

そんなものが二匹、一級冒険者でもなければとても相手にできません。

と、ボクがこんなにロストタイガーを観察できるほど時間に余裕《よゆう》はないはず。

もうすでに師匠が倒して――。

「ガァァァ――――！」

「わっ！」

二匹が波状攻撃《こうげき》を仕掛《しか》けてきました。慌《あわ》てて回避《かいひ》したものの、ボクは何をしているのですか？

いつもなら師匠が率先《そっせん》して倒して、ボクが実力不足を痛感するところです。

ハッ！　ということは師匠、この魔物たちで修業をしろということですね？

「炎熱剣《えんねつけん》……ソード・インフェルノッ！」

「ガウァァッ！」

素早《すばや》い相手には炎《ほのお》の揺《ゆ》らぎによって攻撃範囲《はんい》を広げればいいんです。

炎を纏《まと》った刃の範囲は冷凍《れいとう》剣のそれよりも広く、敵の動きを牽制《けんせい》できます。

「師匠、どうですか！」

「もう一匹、がんばってー」

遠くで師匠はボクを応援《おうえん》してます。師匠、やっぱりなにか変です。

「師匠！」

「こ、こっちに連れてこないでよ！」

「どうしてですか！　いつもみたいに杖で叩き殺してください！　それか火の玉で跡形《あとかた》もなく消してください！」

「私、いっつもそんな感じなの⁉」

師匠は全然戦おうとしません。

それどころか、ロストタイガーは師匠を襲おうとすらしません。

「フィムちゃん、これも修業だよ！　楽しようとしてない⁉　最低だね！」

今、ボクの中で何かが切れました。なるほど、やっぱりボクはまだ未熟です。

「ガウッ！」

もう一匹のロストタイガーを切り捨てて、ボクは師匠の前に立ちました。

「フィムちゃんさぁ、そうやって」

「はぁぁぁ――――ッ！」

「ギギギェ――――――――！」

師匠を、いえ。師匠に化けてきた何かを水平に切ると複数の黒い塊《かたまり》が分散して消えました。

その人が大切に思っている人物に成りすます魔物がいると聞いたことがあります。

確かメタモルシャドウ、心が未熟だとこの魔物に惑わされてパーティが壊滅《かいめつ》するのです。

「師匠は誰よりも戦いが好きなんです。いつもボクにお手本を見せてくれます。魔物なんかに師匠は騙《かた》れませんよ」

そう、師匠はいつだって上を向いているのです。

向上心を忘れず、常に自己研磨《けんま》を怠らないのです。そうやってボクに立派な背中を見せて、そして大声を張り上げて魔物を倒す。あんなに立派な方は世界中、どこを探してもいません。

「はぁ……途中まで騙されていました。師匠、あなたなら初見で見抜くはず……。少しでも騙されたボクを許してください」

師匠なら迷いなく倒します。向上心、実力、審美眼《しんびがん》。すべてを持つのが師匠という人物です。ボクも一日でも早く追いつきます。師匠、待っていてください。

＊　＊　＊

進んでも一向にゴールが見えない。

あのメタモルシャドウとかいうのはあれから一度も出てこないし、討伐ミッションすらない。

入り組んで曲がって曲がって進んで曲がっての繰《く》り返しで、私はかなりイライラしている。

これは明らかにおかしい。私の物欲センサーによれば、道は間違えてないはずだ。

ダンジョンマップはミリータちゃんが持っているけど、私の物欲センサーだって負けてない。焦《あせ》るんじゃない、マテリ。あなたは報酬が欲しいだけなんだ。

耳を済ませろ、神経を研ぎ澄《す》ませ。

「ふ――っ……」

私が五感ですべてを感じ取る。その時だった。

ほんのかすかにズゴゴと音と共にフロアが沈《しず》む感覚がある。もしやと思って来た道を振り返ると、

「揺れたね？」

そこは壁だった。

代わりに何もなかった左側の通路の先にはまた四角いフロアがある。そのフロアは床《ゆか》と天井《てんじょう》がや

けに離れていた。つまり一歩でも踏《ふ》み出せば、私は真っ逆さまに落ちる。

下にはまたどこかへ続く通路があって、天井にもそれらしき穴が開いていた。

あぁ、これはアレですね。

「このアレリア遺跡全体が常にフロアごと動いてる」

そう、まるでパズルみたいにこのアレリア遺跡は内部構造が組み変わっている。

言ってしまえばキューブパズルのごとく、ガシャガシャとフロアが動くんだ。

だからこんなところをさ迷っても永遠にゴールに着かないし脱出《だっしゅつ》もできない。

まさに難攻不落《なんこうふらく》、誰も攻略できないわけだ。

「さてっとぉ……」

私にこんなクソダンジョンに付き合えと？

あのね、目の前に報酬があるとわかっていながら遠ざけられる気持ちがわかる？

お腹《なか》が空《す》いていて、ようやく食事にありつけると思ったら、メッてされて取り上げられたようなものだ。

討伐ミッション報酬もほとんどない。ミリータちゃんやフィムちゃんとはぐれる。

誰が何の目的でこの遺跡を作ったのか知らないけどさ。

後世に報酬をこよなく愛する女の子が現れると予想できなかったの？　その時にこのクソダンジョンでイラつくかもしれないと考えられなかった？

「方角よし……角度修正よし……」

焔宿《ほむらやど》りの杖、ユグドラシルの杖。二つの杖を合わせて突《つ》き出した。

杖から迸《ほとばし》る魔力が巨大《きょだい》な炎の玉を作り出して、更に大きく大きく大きく。私の数倍の大きさになった炎の玉は周辺の壁や床を消滅させていた。そして――。

「発射ァァ――――――――！」

まっすぐ放たれた巨大な炎の玉はフロアの壁をぶち壊して直進した。

壊した先の壁もまた壊して、どこまでも貫通《かんつう》していく。

アレリア遺跡全体に響《ひび》くかのような破壊音が実に心地《ここち》いい。

そして私も走った。

「この先にあるからぁぁ――――――――！」

そう、私の物欲センサーはこの先に反応している。

削《けず》れたフロアを進んで、炎の玉を追いかけるようにして私はゴールを目指した。

その途中で見慣れた子がいる。

「あ、あわわ……」

「あ、フィムちゃん」

「その迷いのないフットワーク……師匠！　さすがです！」

タイミング的にフィムちゃんの目の前を炎の玉が通過したんだと思う。

うろたえていたものの、すぐにさすがモードに切り替《か》わるか。これは本物の味。

「ミリータちゃんは？」

「いえ、ボクにもわからないんです。あの、師匠……」

「ん？　何か聞こえる」

遠くから走る足音が聞こえてている。近づいてきたのはミリータちゃんだ。

槌を構えているから一瞬でも身構えちゃった。

「こんのッ……マ、マテリ！」

「ミリータちゃん、どうしたの？」

「今度こそ本物か……？　マテリ、帰るか？」

「誰に何を言ってるの？　私にその選択《せんたく》を迫るってホントに？　ねぇ」

「……本物か」

もしかしてミリータちゃん、私の偽物に会った？

ひどい質問された気がするけど偽《にせ》の私は何をやった？

「今の破壊音はやっぱりおめぇか」

「さすがダンジョン内における勘《かん》が冴《さ》えている」

巨大炎《えん》の玉が私の位置を知らせる結果になったか。最初からこうしていればよかった。

ミリータちゃんは巨大炎の玉が通過して破壊された跡《あと》を見て呆れる。

「たぶん報酬が遠のいて、いらついてやったんだろ」

「そ、そんなことないよ。こうすれば二人と再会できるかなと思ってさ」

「まーそういうことにしておいてやるべ」

まったくミリータちゃんはすぐ私に対して欲にまみれた人間みたいな見方をする。

さすがの私でも、こんなことをしたら遺跡全体が崩《くず》れかねないってわかって――。

「し、師匠。何か揺れましたよ」

「え？」

「天井から小さな石の欠片《かけら》が落ちてきました」

「え？」

次の瞬間、ガコンと足場がへこんだ。そして壁に亀裂《きれつ》が入り、天井も支えられなくなる。

「ろ、老朽化《ろうきゅうか》かな？」

「バッカ！　おめぇがやらかしたせいで、遺跡全体がもろくなってんだ！」

「ウソォ！」

「く、崩れてきた！」

至るところから轟音《ごうおん》が鳴り響いて、確かにこれはやばいと感じる。

私、また何かやっちゃいました？

「これはやべぇ！　マテリ、転移の宝珠《ほうじゅ》で脱出だ！」

「え、神器は」

「そんなもんより命が大切だ！」

「えぇー！」

ミリータちゃんが信じられないことを言った。そんなもんとは報酬のことかな？　命より大切？

「マテリ！　早く！」

「……ごめん、ミリータちゃん。はい、転移の宝珠」

「は？　何をする気」

「先に脱出して！　私には譲《ゆず》れないものがあるッ！」

私は遺跡の奥に向けてダッシュした。瓦礫が落ちてきても杖で叩き壊して。

「おめぇってやつはぁ――――！」

転移の宝珠を渡《わた》したはずなのに、ミリータちゃんとフィムちゃんもついてきた。

なんだ、やっぱり報酬が大切なわけね。二人に化けて散々迷わせた挙句、勝手に崩れる？　報酬をよこせ。今すぐに。

＊　＊　＊

「いいいっそげぇ――――！」

巨大火の玉が作ってくれた道を私たちは突き進む。

遺跡も破壊のせいでフロア単位の移動がおぼつかなく、動くたびに引っかかっていた。

本格的に崩壊《ほうかい》したら報酬が埋もれちゃう！　まったく誰のせいでこんなことに！

「マテリ、おめぇのせいだからな！」

「何も言ってないぃ――！」

相変わらずミリータちゃんは心を読んでくる。ドワーフにそんなスキルがあるなんて知らなかったなぁ。

気がつくとフィムちゃんが私と並走してるけど、なんでしょうか？

「師匠！　ボクは未熟でした！　偽の師匠に騙されてしまって……！」

「あ、そ、そうなんだ」

「だから今こそ、ボクは師匠をここで超えます！」

「だからの繋《つな》がりがまったくわかんないけど、どうでもいいや」

そうか。ということはミリータちゃんも私の偽物に会ってるのかな。

周囲から見たら、私はちょっと物欲が強い女の子で少しだけ変に思われてるかもしれない。

だけどこの二人はついていてくれるのが嬉しい。

ミリータちゃんはアイテム中毒だし、フィムちゃんは自分が勇者と思い込んでる。

こんな濃《こ》い女の子たちが私みたいな平凡《へいぼん》な女の子を慕《した》ってくれているんだ。

「マテリ、また自分を棚《たな》に上げなかったか？」

「もうやだ怖《こわ》い」

こんなこと言ってるけどミリータちゃんはなんだかんだ言って私を信じてくれている。

だから転移の宝珠を使わずについてきてくれたんだ。私も信じていたよ。何せ一瞬で魔物だと見抜いたからね。あんな魔物にミリータちゃんは騙れない。

「オラの偽物が出てきても、おめぇならミッションで解決だな」

「しょんなことないよ！」

ピンポイントすぎて泣きそう。気を取り直して、いよいよ最終フロアが近づいてる。私の五感がそう言ってる。

「あそこが最終フロアだ！」

「よぉぉ――――しゃぁあああぁ――――――！」

ついに見えた最終フロア！　遺跡の中心核《かく》でもあるあそこに私の報酬がある！

ダッシュダッシュダッシュで向かうと、謎の三人が立っていた。まさか番人的なボス？

「ククク……一足、遅かったな」

「え？　なに？　泥棒《どろぼう》？」

この声は人間だ。つまり先客がいたわけだけど、私の報酬を盗《ぬす》もうとしてるのは誰さ。

「この神器は俺たち、紅の刃がいただいた！」

「残念だったわね！　落とし穴に落ちてまた落ちて転がっていったら運よく辿り着いたのよ！」

「これが一級の実力なのさ！　フハハハー！」


ミッションが発生！
・紅の刃を討伐する。報酬：クリムゾンクイーン

「ファイアボボボォォルァ――――！」

「ぎゃぁぁあ――――！」

「やな感じィ――――！」

「パワーが違いすぎるぁぁぁ――――‼」

ミッション達成！　クリムゾンクイーンを手に入れた！
効果：攻撃＋８００　炎属性ダメージが上がる。

無事、遺跡荒《あ》らしを討伐できた。

他人の報酬を横取りなんて倫理的に許されるはずがない。一級冒険者パーティも地に落ちたね。

「フィムちゃん、これあげる！」

「し、師匠……ボクにこんなものを……」

「二刀流、いけるでしょ？」

「はいっ！　これを家宝とします！」

フィムちゃんは大胆《だいたん》に喜んでくれるから、いくらでもあげたくなる。たまに餌付《えづ》けしてる感覚に陥《おち》るけど、私は勇者の師匠だ。

さて遺跡荒らしを倒して今度こそ、やっと私の報酬が――。

「あ、あれは……マテリ、どうも最終試練みたいだ！」

「はぁぁ――!?」

空中に浮かび上がって実体化したのは、四足歩行の犬みたいな魔物だ。

全身が白い体毛に覆《おお》われていて、フェンリルと連想できなくもない。そんなワンコがナマズ髭《ひげ》を生やした顔でギロリと私たちを睨む。

「我が王の宝、何人《なんぴと》たりとも渡さん……。立ち去れ……」


ミッションが発生！
・守護神獣《しんじゅう》アレリアを討伐する。報酬：アレリア国の禁書

身をもって」

「愚かな……ならばここで死ぬがいい！　かつてアレリアに迫る万の軍勢を退《しりぞ》けた守護神獣の力を

「ファイアボボボボボォォ――――――ルァ――――――！」

「ヌオォォ⁉　こ、この人間……！」

なにこいつ硬《かた》すぎ！　私のステータスで倒れないの？

「マテリ！　こいつのレベルはオラたちより上だ！　レベル補正でかなりダメージが下がってる！」

「あああぁぁあめんどくさぁぁ――――いぃ――――！」

「師匠！　来ます！」

アレリアが口から光線を放った。

そんなものは回避、したところで壁に跳《は》ね返って縦《じゅう》横《おう》無《む》尽《じん》に光が反射。

さすがに回避しきれなくて――。

「いったぁぁ――――！」

「こ、この人間……光滅《パージ》を受けて生きているだと！」

ちょっとジンジンする！　遺跡が崩れてその神器が埋もれたらどうするの？

守護神獣とか訳のわからないもの配置しやがってからに！

「いったいいんじゃこのクソ獣ォォ――！　ファファファファファファボボファイファイファイボボボフ

アファイア――！」

「ぬうりゃぁぁぁ――――！」

「全剣技・冷凍剣コキュートスッ！　ウォ――――タタタタタタァ――――！」

「グウォオオオォ――――――！」

アレリアが雄叫《おたけ》びを上げると共に攻撃の余波がフロア全体に響く。

壁が崩れて、天井が落ちてきた。

「あぁぁ――――！　神器だけはァ――――！」

「限界だ！　転移の宝珠で脱出する！」

ミッション達成！　アレリア国の禁書を手に入れた！
効果：魔法大国アレリアに関する歴史が記されている。

寸前のところで神器を手にとって脱出した。直後に遺跡が完全に崩れ始めたからギリギリだったと思う。

これで私たちのアレリア遺跡攻略は終わりだ。よかった、よかった。

称号《しょうごう》：『捨てられた女子高生』

『スキル中毒』

『物欲の聖女』

『勇者の師匠』

『ダンジョンクラッシャー』　ｎｅｗ！

＊　＊　＊

「ア、アレリア遺跡が……」

「く、く、くく、崩れ……」

転移の宝珠で外に出ると、ちょうどアレリア遺跡が崩れ落ちるところだった。

地響きと飛んでくる瓦礫がえげつなくて、さすがに周辺でたむろしていた騎士たちや冒険者たちが逃《に》げる。改めて見るとかなり大きな遺跡だったんだね。

呆然《ぼうぜん》として見守る騎士たちや冒険者たちにさりげなく交じって、私たちは手に入れた報酬を確認することにした。

「まず入手したのは二つ。アレリアの禁書と……これが神器？」

「ランプみてぇだな」

「ランプねぇ。なんか赤い宝石と青い宝石が埋め込まれてるね。赤いのがスイッチだったりして……」

冗談《じょうだん》で赤い宝石を押《お》すとランプの口から煙《けむり》が出てきて、それが魔物を形作った。

紛れもない守護神獣アレリアがそこにお座《すわ》りしてらっしゃる。

「私を呼び出したのは貴様」

「青い宝石オン」

アレリアがランプの中に戻《もど》っていく。

澄んだ青空を見上げながら、私はダンジョン攻略の余韻《よいん》を味わった。

「疲《つか》れたねぇ、二人とも」

「だなぁ。そういえば、近くに領主が住む町があるみてぇだぞ」

「そ、そうだ！　神器と引き換えに報酬が貰《もら》えるんだっけ！」

「師匠！　今の魔物は⁉」

フィムちゃんは何を言ってるのかな？　そんなものはどこにもいないし、誰も見てない。

周辺にいる人たちだって、瓦礫の山と化したアレリア遺跡を眺《なが》めている。きっと疲れてるんだろうね。

「いつまでもこんなところにいてもしょうがないからさ。さっさと魔道車に……」

「私を呼び出したのは貴様か」

またなんか勝手に出てきた。

騎士の一人が振り返ったと同時に私はそいつを魔法のランプに戻す。

「お前たち、今なにかいなかったか⁉」

「いえ、何もいませんよ。疲れてるんじゃないですか？」

「見たこともない魔物がいた気がするぞ！」

「気のせいですって。当番制でこんなところに務めてるせいで、疲れで変なものでも見ちゃったんですよ。私からクリード王子にお休みをたくさんもらえるように言っておきますね」

「その辺は騎士団長の采配《さいはい》なのだが……」

じゃあ、ダメですね。報酬で育毛剤《いくもうざい》を入手しない限り、私とあの人の溝《みぞ》は埋まらない。

さてと、また怪奇《かいき》現象が起こらないうちにここを離れよう。

あれ？　そういえば、さっきから何か踏んでるような？

「マテリ、おめぇそれ……」

「ゲッ！　この人たち！」

「うーん……ここは？」

紅の刃だ。遺跡荒らしとして私たちの前に立ちはだかったくせになんでここに？

ひょっとして転移の宝珠を使った際に巻き込んじゃった？

「お、お前ら！　よくも」

「つぁあぁ――――！」

「ぐっ……！」

疲れてるようだからもうひと眠りさせてあげた。よし、今度こそ――。

「私を呼び出したのは貴様か」

またアレリアがお座りしたまま現れた。この子もめげないね。

こんなもの連れて帰った覚えなんかないし、うちじゃペットは飼えませんよ。

やだわぁ、オホホ。

「そ、その魔物はなんだッ！」

「構えろ！」

「お前ら、その魔物から離れろ！」

あらやだ、ホント。どうしていつもこうなるのかしら。

はぁ、めんどくさい。ミッションクリアの余韻に浸《ひた》らせて？

「なんだか大人しいぞ？」

「あの娘たち、魔物と距離《きょり》が近いのにまったく襲われない……」

「ま、まさか奴らが魔物の仲」

「ファファファファファイファファファ――イ！」

「ギャアァァ――！」

わかった。一度リセットしよう。やり直しましょう。

どいつもこいつもあまり私を怒らせないほうがいい。ミッションの余韻をかき乱しやがって。

＊　＊　＊

「つ、つまりそのランプからそいつが出てきたと？」

「それ以外に答えようがないですね」

根気よく話せばわかってくれた。

極《きわ》めて平和的かつ冷静に話し合った結果、騎士たちと冒険者たちからの誤解が解けてよかったよ。

全員、正座して物分かりがいい。争いなんて無意味。

「信じられん……」

「また平和的な手段を使わざるを得ない」

「い、いや。信じる」

しっかりと杖を握れば私たちの主張を理解してくれる。

そして私の横でお座りしてるこのワンコ、じゃなくてアレリア。色々聞きたいのは私のほうだ。

「我が主《あるじ》、こやつらを根絶やしにすればいいのか？」

「こじれるから黙ってて」

ワンコのせいで全員が身を震《ふる》わせている。

その間、ミリータちゃんがアレリアの禁書を読み解いてくれていた。

「マテリ、アレリアの禁書によると守護神獣はアレリア王に代々仕えていた偉い怪物らしい」

「偉い怪物って」

「初代国王がタイマンで死闘して打ち勝って以来、アレリアは代々王家を守ることを誓《ちか》ったそうな」

「それでアレリアとか名乗っちゃうんだ」

自分に勝った相手に忠誠を誓う。まさにわんこ。

それにしてもこれとタイマンして勝った人間が過去にいるんだ。私たちのステータスをもってしても一撃じゃ討伐できなかったからなぁ。かなり強いんじゃ？

「そのランプは私を呼び出して使役《しえき》できる禁忌の神器だ。心して使え」

「自分で禁忌とか言っちゃうんだ。ていうかあんた、討伐されたよね？」

「私が戦闘不能に陥れば、ランプに収納される。そして再生して顕現できるのだ」

「強すぎない？　レベルは？」

「レベル？　なんだそれは？」

あぁ、時代的にそういうの知らないのかな？

つまりこのランプはわかりやすく言うと、何度でも使える召喚アイテムだ。

このワンコを呼び出して戦わせれば、更に快適なミッションライフを過ごせる。

となると、だよ。これを領主に渡していいものか、迷う。

あれ？　そもそもなんか引っかかる。

――ここら一帯を治める領主のイグナフは家宝と引き換えに、この奥にある神器を持ってこいとお触れを出したんだ。

「そこの冒険者パーティのアイスファング」

「な、なんでしょうか⁉」

「なんで敬語。イグナフ領主ってさ、神器という言葉を使っていた？」

「はいっ！　アレリア遺跡の奥にある神器と確かに言ってました！」

つまりイグナフって人はアレリア遺跡に神器があるとわかっていた。

そしてこの神器という言葉、もう一人誰かが使っていた覚えがある。誰だったかなー？

＊　＊　＊

領主イグナフ、エクセイシア王国では三番目に広い領地を持っている貴族だ。

幼少の頃《ころ》から勉学に励《はげ》み、超難関の王都ラウール学園を首席で卒業した。

学園一の美少女だった妻と結婚《けっこん》して、財を成して国王から爵位《しゃくい》を与えられたのも彼《かれ》の努力によるものだ。己を磨《みが》くことを怠らず、研磨し続けた結果が今である。

しかしそんなイグナフでも、未だ歩みを止めるつもりはなかった。

「魔道士協会にはなんと言おうか……」

妻が寝《ね》ている横でイグナフは一抹《いちまつ》の不安を覚えた。

魔道士協会は国内でも力のある彼に協力を申し出てきた。イグナフの権力をもって、アレリア遺跡の奥に眠る神器を手に入れること。

最初に聞いた時、イグナフは耳を疑った。イグナフは国内でも有数の権力者で、魔道士協会が当てにするのも当然だ。

しかしいくらイグナフであろうと、攻略されていないダンジョンの奥に眠る神器など手に入れられるはずがない。彼自身は何の戦闘力もないただの人間だ。

イグナフは当然、断った。しかし魔道士協会の支部長バストゥールは彼にこう囁《ささや》いた。

「その頭……ずいぶんと寂《さび》しいな？　成功した暁《あかつき》には魔道士協会の力ですぐに生やしてやろう」

イグナフは衝撃《しょうげき》を受ける。バストゥールは彼の悩みをピンポイントで見抜いていた。

只者《ただもの》ではない。さすがは支部長を任されるだけはある。魔道士とは魔法に長《た》けているだけでなく、他人の心をも見透《みす》かすのか。そう観念したイグナフはこう言った。

「生やして……ください……」

イグナフは無力だった。魔道士という強大な存在を前にして、見透かされて狼狽《うろた》えてしまった。

アレリア遺跡は国が指定している有数の難関ダンジョン。

イグナフも人の子だ。そんな所に行って無駄に命を散らすことはない。本来であれば一級冒険者ですら立ち入りを禁止したいほどだった。しかしイグナフは抗《あらが》えない。

彼は冒険者ギルドを通して、アレリア遺跡最奥《さいおう》にある神器の入手を依頼《いらい》してしまった。報酬はブラウンヘッド。彼の家に代々伝わるそれを被《かぶ》れば、本来の頭髪は絶対にばれない特殊《とくしゅ》効果がある。しかも自在に頭髪を変えられるのだ。

今のイグナフは見事なブラウン色の長髪、この流れる髪《かみ》には誰もが振り向く。彼はそれもまた神器と思っている。

バストゥールには見抜かれてしまったものの、領民は知らない。イグナフとしてもこれを手放すのは苦渋《くじゅう》の決断だが、生えてしまえば問題ないと考えた。

「旦那様《だんなさま》」

イグナフの私室のドアがノックされた。

「なんだ？　今、何時だと思っている」

「旦那様にお会いしたいという方々がいらっしゃってます」

「何かと思えば……追い返せ」

「そ、それが……。アレリア遺跡から神器を持ってきた者たちが訪ねてきております」

「むはぁ――――――！」

「キャアァァ――――――！」

大急ぎでドアを開けると、使用人が悲鳴を上げて慌てふためく。イグナフのドラゴンヘッドが露《あらわ》になっている。

先ほどまでの行為《こうい》を考えれば当然だった。うら若き乙女《おとめ》には刺激《しげき》が強い。

着替えを済ませてからイグナフは訪問者を出迎《でむか》えることにした。

「で、客人はどんな連中だ？　通しなさい」

「は、はい。ではどうぞ」

屋敷《やしき》に通されたのはなんと年端《としは》もいかない三人の少女だった。

前髪をかきあげたキザ剣士やモリモリマッチョの戦士風の一級冒険者を想像していたものだから、イグナフはさすがに面食《めんく》らう。

このあどけない顔立ちをした少女たちが神器を持ってきたというのかと、少女たちを観察した。

「君たちは冒険者か？　そうは見えないが……」

「冒険者じゃないですね。私はマテリでこっちがミリータちゃん、この子がフィムちゃんです」

「冒険者ではない？　コホン……君たちが本当にアレリア遺跡で神器を入手したというのか？」

イグナフは舐《な》められないように、少女たちを鋭《するど》く睨みつけた。彼は何度も曲者《くせもの》を相手に商談を成功させている。

自分から家宝をだまし取ろうなどと考えているのが、たとえ少女であろうと油断するつもりはなかった。

神器がどのようなものであろうと、生半可なアイテムでごまかされる彼ではない。

「はい。でもその前に家宝が何なのか知りたいです」

「よもやこのワシを疑うのか？」

「はい、家宝次第で交換《こうかん》したいので」

イグナフは少女のあまりに堂々とした態度に驚く。それどころか、少女からかすかに圧を感じていた。

「それはならん」

「どうしてですか？」

「お前たちが信用ならんからだ。そもそもこんな夜中に押しかけてきて、その物言いは失礼ではないかね？」

「……確かに」

イグナフは主導権を握ったと確信した。

取引のコツは絶対に譲らないものを決めておくことであり、こちらの切り札を見せない。それこそがイグナフの必勝戦術だ。

更にブラウンヘッドを見せた途端《とたん》、力ずくで奪《うば》いにくる可能性を考慮《こうりょ》していた。イグナフは決して譲らない姿勢だ。

「ここ広そうなので遠慮なく。アレリア、出ておいで」

「承知した」

少女がランプを触ると、室内に巨大な犬が現れた。イグナフは言葉を失っている。

「あ、あわわ……あ、あ、あっ……」

「私が守護神獣のアレリアだ。主であるマテリを疑うのであれば、力をもって証明しよう」

「はぎゃぎゃ……」

イグナフは腰《こし》が抜けた。自分は夢でも見ているのか。ハッスル疲《づか》れで寝てしまったから、そうに違いないと自分に言い聞かせている。

しかし夢ではなく、これは現実だ。現実である以上、イグナフは神器であるランプとブラウンへッドで対等な取引が成立するか、考えた。

ましてや相手は少女だ。少し特殊なだけのカツラなど欲しがるはずがなかった。

＊　＊　＊

あのね、気持ち悪い。略してきもい。あえて突っ込まなかったけど、もう限界だ。

屋敷にやってきて、現れたイグナフ領主という人を見て驚愕《きょうがく》したもの。

どう見てもおじさんなのに、髪だけが女の人みたいに長い。髪質も女の人のそれに近いから、不《ふ》釣《つ》り合いすぎてきもい。

いや、ファッションは人それぞれなんだけどさ。だけど見る側だって抱《いだ》く感想ってもんがあるわけで。

「はひー、はひー……」

「うちのワンコが驚かせてすみません。で、このランプはワンコを呼び出せるんです。言うことも聞きますよ」

「そ、それが⁉」

「アレリア、お手」

「うむ」

すごい真面目《まじめ》な顔をしてお手をしてきた。手が大きすぎて、毛がふさふさと顔にかかる。未だ腰を抜かしているイグナフさんはこれで納得してくれたかな？

「それで家宝は？」

「か、家宝がほしいのか？」

「もの次第《しだい》ですけど」

「ま、待っていろ。持ってくる」

イグナフ領主がそそくさといなくなる。

使用人に丁寧《ていねい》にティーカップに紅茶を注いでもらって、私は待つことにした。

お金持ちの性癖は偏《かたよ》りがちとミリータちゃんは言うけど、使用人はあれを毎日見てるわけだ。

「持ってきたぞ。これだ」

「これは？」

イグナフ領主がテーブルに置いたのは、金色に輝《かがや》くおじさんの像だ。

でっぷりと太っていて、七福神の一人にいそうな見た目だった。

「これは幸福の魔人像といってな。持っているだけで運が舞《ま》い込むのだ」

「言っちゃなんですけど、胡散臭《うさんくさ》いですね」

「これでワシは財を成した。手放すのは惜《お》しいが、これと交換しようではないか」

「ふーん……」

私が眺めていると、ミリータちゃんがひょいっと手に取った。

私の物欲センサーが今一、反応しない。貰えるものは貰いたいけど、私のミッション報酬に匹敵《ひってき》するかとなるとね。

「領主、これ誰がどこで手に入れた？」

「ご先祖様によれば、屋敷にやってきた商人から買い取ったらしい。200万ゴールドの値打ちものだ」

「これ、石ころだなぁ」

「は？」

「金色で塗《ぬ》りたくった石像だべ。何の効果もねぇ」

は？　じゃなくてね。なに、つまりこのおっさんは私を騙そうとしたってこと？

「ちょっと運動したくなっちゃった」

「あわわわわっ！　い、今のは冗談だ！　今度こそ本物を持ってくる！」

杖で素振《すぶ》りをすると、またイグナフさんが消える。

かと思ったら高速で戻ってきて、その手に持っていたのは――。

「待たせたな。今度こそこれが家宝、死の女神像だ」

「呪《のろ》われそうなのやめてくれません？」

「いや、これには厄払《やくばら》いの」

「ただの鉄だなぁ」

場が静まった。うん、もういいか。

「ちぇりゃぁぁぁッ！」

「げはぁッ！」

イグナフさんをぶっ叩いたと同時に、髪がぼろりと取れた。一瞬だけぎょっとしたけどこれ、カツラだ。

＊　＊　＊

「す、すまぁぁ――――ん！　本当はこのブラウンヘッドが家宝なのだ！」

「すこぶるいらないですね。はい、交渉決裂《こうしょうけつれつ》」

ブラウンヘッドはカツラをカツラと思わせないアイテムらしい。しかも髪形は身につけた人の望む形になる。

まぁ確かに頭おかしい髪形だなと思ったけど、カツラとまでは見抜けなかった。

その点はすごいアイテムなのかもしれない。いらないけど。

「主よ、散々愚弄《ぐろう》したこの毛なしをどうしてくれようか？」

「ランプが超高性能だし、別にいいかな。あとその呼称はかわいそうだからやめて」

私もつい殴《なぐ》っちゃったし、おあいことということでいいかな。

正直に言ってランプ以上のアイテムなんて期待できないのはわかっていた。

「で、イグナフ領主。おめぇ、なして神器……このランプなんか求めていた？　いや、なんでアレリア遺跡にそんなものがあるって知ってる？」

「魔道士協会のバストゥールだよ。あの男が私に取引を持ち掛けたのだ……。私の髪を生やすことを報酬としてな」

バストゥールはイグナフ領主の権限に目をつけて、この人に神器を探させた。

つまり魔道士協会はアレリア遺跡がどういうものか、ある程度は知っていたということになる。

ん、これってつまりアレだよね。私が持っているランプを魔道士協会がほしがる。刺客《しかく》がやってくる。でもバストゥールはすでにいない。

「ダメじゃん！」

「マテリ？」

「なんでもないよ、ミリータちゃん」

正直、ランプは手放したくなかったからよかった。訳のわからん茶番に付き合わされたのは腹立つけど。もう一発くらい殴りたい。

「イグナフさん。ブラウンヘッドは確実にいらないから大切にしてください」

「すまない……。冷静に考えたらワシ、すこぶるかっこ悪いな」

「それは猛省《もうせい》していただいて構いません」

「しかし、アレだ。アレリア遺跡を攻略するほどの逸材《いつざい》が現れたわけだ。ふむ……」

イグナフ領主が考え込んでいる。これは報酬の匂いだ。

直の報酬じゃなくても、報酬への道ができるはず。

「実はな。君たちに折り入って頼《たの》みたいことがあるのだ」

「報酬のほうは？」

「近頃、妙《みょう》な情報が入ってな。なんでも領地内でアンデッドの目撃情報が増えているのだ。君たちに討伐をお願いしたい」

「さらっと無視しないでください。報酬は？」

「前金として50万ゴールドを支払おう」

「聞きしに勝《まさ》る聡明《そうめい》なお方ですね。わかりました」

イグナフ領主、思った通りの人だ。一国の領主に恥《は》じない風格と気前を併《あわ》せ持っている。艶《つや》のあるブラウンのヘアーも貫禄《かんろく》があり、その一風変わった風貌《ふうぼう》にセンスが光る。

「でもアンデッドなんて、私たちがここに来るまでに遭遇《そうぐう》しませんでしたよ？」

「実はまだ領内で騒《さわ》がれておらん。これはおそらく王族も把握《はあく》しておらんはず……。ワシは常に冒険者を通じて情報収集をしておるからな。何やら胸騒《むなさわ》ぎがするのだ」

「さすがですね」

さすがとしか言いようがない。尊敬に値《あたい》する人物というのは、まさにこういう人だ。アンデッド討伐、これは正義の使命を果たさんとする私たちがやるしかない。

「マテリ」

「ごめん言わんとしてることはわかってるからホントごめん」

ミリータちゃんも読みに磨きがかかってきたね。

＊　＊　＊

霧《きり》の森に到達！　ミストローブを手に入れた！
効果：敵の命中率が半減する。霧のように透き通ってほぼ見えないローブ。

「これ、邪魔《じゃま》にならなくていいよね。誰が使う？」

「任せる」

「師匠が使うべきです！」

失《な》くしたら大変だね、これ。

到着したのはイグナフさんがいた町から東にある霧の森だった。その名の通り、ずっと霧がかかっていて視界がほとんど封《ふう》じられている。こんな場所だから当然、難関ダンジョンとして指定されていた。

戦うどころか、歩くことすらままならない上に平然と底なし沼《ぬま》があるみたい。

確かな報酬すらわからないまま、こんなところに入っていく冒険者という人たちはすごいね。

「ミリータちゃん、ダンジョンマップはどう？」

「底なし沼や木とか、明らかに歩けねぇ場所はきっちり表示されてる。宝は……そうだなぁ。なさげだな」

「よし、帰ろう」

「前金に加えてゾンビ討伐をすれば軽く百万単位の金が入るんだがなぁ」

「ミリータちゃん、正義の使命を忘れちゃダメでしょ」

すっごいジットリした目で睨まれた気がする。でもしょうがない。私たちはイグナフさんから依頼を受けているんだ。これを放棄して帰るなんて、まず人間のすることじゃない。

「こんなとこでゾンビなんてなぁ」

「ミリータさん。アンデッドは基本的に生物の死骸《しがい》から誕生します。つまりここで目撃されるアンデッドは元冒険者の可能性があります」

「なーるほど。確かにそこら中に死体があってもおかしくねぇ」

二人の会話を聞いて改めて思うけど、何が冒険者をそこまで駆り立てるんだろう。

私には考えられ――


ミッションが発生！
・アンデッドファイターを討伐する。報酬：亡者《もうじゃ》の牙《きば》

「つぇらっしゃぁぁ――――！」

「ウォォアアァッ！」

ミッション達成！　亡者の牙を手に入れた！
効果：鍛冶に使用。

「さすが師匠！　気配を察知するとは！」

そう、フィムちゃんの言う通り。この私が接近に気づかないと思う？

殴り倒したゾンビに近づくと、鎧《よろい》を着ていた。生前は男だったとわかるし、剣も持っている。

「亡者の牙？」

「一部のアンデッドから採取できる貴重な素材だな。これは既存《きぞん》の武器や防具に組み込んでもいい

が、集めて新しいのを作ってもいいかもしれねぇ」

「どんなの作れるの？」

「そうだなぁ。防具なら即死《そくし》や闇耐性《やみたいせい》、武器なら即死効果や闇属性付与《ふよ》とかな」

「んー……」

魅力的ではあるけど、もう少し考えよう。私たちはすでに似たようなのを身につけている。

「お、あんなところに小屋があるな」

「こんなところに？」

こんなところに小屋か。中に報酬、じゃなくてアンデッドがいるかもしれない。だったら見過ごす理由はないよね。

「こんにちは」

「ひ、人か⁉」

「おや、冒険者諸君」

中には数人の冒険者がいた。皆《みんな》、座り込んで疲弊《ひへい》しているみたいだ。

「早くドアを閉めろっ！　奴らがくるかもしれないじゃないか！」

「あぁはい」

「で、あなたたちは？」

「俺たちは……」

聞けばこの冒険者たちはダンジョン探索にきたものの、アンデッドに追われて帰れなくなったとか。

やっとのことで小屋に逃げ込んだものの、外にはたくさんのアンデッドがうろついていて出るに出られない。そして冒険者たちが口々に話し始めた。

「まさかこんなにアンデッドがいるなんてな。確かにここにはたくさんの死体があるが……」

「まったくだな。しかも生前が冒険者だったせいで、やたら強い」

「痛みを感じない剣士が襲ってくるんだぜ？　だからアンデッドは厄介《やっかい》なんだ」

もう三日もここにいるらしくて、食料が底を突くところだったらしい。

私はファイファイばっかりしてたから感覚が麻痺《まひ》してたけど、一般の冒険者諸君にとってやっぱり魔物やアンデッドは怖いわけだ。

「クソッ、舐めてたぜ。せめて耐性さえありゃな」

「アンデッドは大半が闇属性……。中には即死攻撃なんてかましてきやがるのもいる」

「ここで死んでしまったら俺たちもアンデッドの仲間入りだ」

その時、ドアをガリガリと何かが引っ掻《か》く音が聞こえた。完全にホラー映画のそれじゃん。


ミッションが発生！
・アンデッドファイター×26を討伐する。報酬：亡者の牙×26
・アンデッドマジシャン×15を討伐する。報酬：亡者の布×15
・アンデッドヒーラー×8を討伐する。報酬：亡者の十字架《じゅうじか》×8
・アーマーデッド×28を討伐する。報酬：亡者の欠片×28

「亡者一色ゥ―――――――!」

「マテリ、考えがある」

「なになに?」

ミリータちゃんが耳打ちしてくれた提案、それは亡者シリーズで装備を量産することだった。

ある程度、アンデッドに耐性がつけば討伐しやすくなる。それに売れば私たちの旅の資金が潤《うるお》う。

クリード王子たちからもらった大金に加えて、更に大儲《おおもう》けできちゃうわけだ。

そっか、報酬をお金に変えるのも手か。

「それに冒険者がレアアイテムを持っていれば、交渉の材料にできるかもしれねぇ」

「ミリータちゃんも悪よのう」

「ん?」

ごめん。このノリはさすがに通じないね。

そうと決まったからにはアンデッドを討伐しまくらないとね?

イグナフさんによればなぜかアンデッドが増え始めたらしいし、報酬とお金のライフドリームだ。

ではでは、改めて楽しいアンデッドライフを始めますか。

＊　＊　＊

外に出るとアンデッドの群れが小屋を取り囲んでいる気配がある。

視界が制限されているから、アーだのウーだの呻《うめ》き声だけが聞こえた。

「マテリ。こいつら、生前の強さを引き継《つ》いでるらしい」

「問題ないでしょ。私たちの手で弔《とむら》ってあげよう」

「ほーん……」

「なに！　私だっていいこと言うんだからね！」

本当にどうしてこんなにも信用がないんだろう。人として当然のことを言ったまでですよ。仕方ない。人として当然のように、杖を握ろう。

「ファファファファイファファファイアボォォ――――ッ！」

アンデッドたちが炎の玉に包まれて蒸発するかのように消える。

同時にミリータちゃんとフィムちゃんが果敢《かかん》に向かっていった。

「どりゃぁ――――！」

「炎熱剣……ソード・インフェルノッ！」

ミリータちゃんの槌がアンデッドをまとめて数匹叩き潰す。

フィムちゃんが双剣《そうけん》を駆使《くし》して、アンデッドたちを焼き斬《き》る。

鎧だとか武器の存在は関係なかった。アンデッドは生前身につけていた武器や防具を装備しているけど、本当に関係ない。

機敏《きびん》な動きで私に攻撃しようものなら――。

「ファイファイファ――――！」

「ウォォォ……！」

こうして燃え散る。よし、報酬まであと少し。

「す、すごすぎる……。なんだ、あの娘たちは？」

「一級冒険者でも、あそこまでやれるか？」

「あの炎……まさか紅の刃か！」

いいえ、人違いです。あの人たちがここまで強かった記憶は一切ありません。意外に知名度があったことにも驚きですね。

「ウオォアァ――――！」

「え？　あの光って」

「回復魔法だ！」

冒険者の一人が叫んで教えてくれた。

アンデッドヒーラーが味方のアンデッドを回復している。生前、回復魔法を使えたということか。

あれ？　でも私の経験上、アンデッドに回復って――――。

「ウウオォァァ……」

「く、崩れ散った……」

うん、普通にヒールでアンデッドファイターが散っていった。

「今のなに？」

「アンデッドが回復魔法に耐《た》えられるわけがない」

「こんな悲しいことある？」

何も見なかったことにしよう。でもアンデッドマジシャンは攻撃魔法を連発してくるし、確かにこれがそこら中にいたら脅威《きょうい》だと思う。

「うりゃあぁー！」

「はあぁぁぁ――――！」

ミッション達成！
亡者の牙×26
亡者の布×15
亡者の十字架×8
亡者の欠片×28
を手に入れた！

「っしゃあぁぁ――――！」

「ほー！　こりゃレア素材ばっかりだ！」

「さっそく鍛冶《かじ》しちゃう？」

魔道車を出してから、ミリータちゃんが鍛冶を始めた。

冒険者たちが後ろから呆然として見ている。まずは牙を組み合わせてできたのが――

「ほれ、嘆《なげ》きのお守りができた」

「呪われてそう」

「闇耐性が＋50％される優《すぐ》れものだ」

「牙一つでそんなのできちゃうんだね」

続いてミリータちゃんが亡者の布で作った装備が亡者のマント。

相変わらず不吉《ふきつ》な名前だけど、効果はアンデッドから受けるダメージを半減させるらしい。防御《ぼうぎょ》もそこそこ高くて、市場に出回ったらかなりの値がつくとか。

「特定種族からこれだけのダメージを減らせる装備は珍《めずら》しい。こういうダンジョンで役立つ」

「なかなかいいね。しかも亡者の布が一枚あればできるから、15枚作れるわけだ」

「オラの負担がでかいけどな」

「ごめん」

「まぁまぁ、次は……」

亡者の欠片で作られたのは常闇《とこやみ》の胸当てと常闇の鎧だ。闇耐性+20%で、しかも即死耐性+50%の優れもの。防御の値は胸当てと鎧で多少の違いはあるけど、効果は変わらない。

そして最後にできたもの、これもすごい。

「亡者の十字架。即死耐性を含《ふく》めた嫌《いや》な攻撃耐性が+50%だ。これと常闇装備をつければ即死耐性が100%、つまり無効化だな」

「嫌な攻撃耐性ってなに」

「混乱とかそういうのだな。おめぇには無縁《むえん》だ」

「そんなことないでしょー」

「混乱もなにもねぇから」

え、今のどういうこと？　まさか私が常に混乱してるってこと？

生きていて一秒たりとも冷静さを欠いたことなんてないよ？

どうしてそんなひどいこと言うの？

「で、最後にこれがある意味で一番すごいんだ。十字架と欠片を組み合わせて出来たものが光の剣だ」

「最終装備っぽいね」

「光属性の剣で、アンデッドをはじめとした闇属性の相手に特効がある。槍《やり》も作れるぞ」

「これでもかっていうくらいアンデッドがメタられてる」

ミリータちゃんのおかげでアンデッド対策装備が一通りできたわけか。

私にはそこまで必要ないけど、これたぶんね、こうすればいい。

「冒険者さんたち。これ売ってあげる」

「え、いいのか⁉」

「これさえあればアンデッド戦も楽でしょ？」

「でもお高いんでしょう？」

できるだけお安くしておきますよ。私たち、そこまでお金に困ってないからね。

手持ちのお金はあまりないみたいだけど、冒険者たちは全財産を使い果たす勢いで購入《こうにゅう》した。

「すげぇ！　こんなにいいものが装備できるとは！」

「こりゃアンデッドにも負けないな！」

「おかげで無事に出られそうだ！」

新装備を手に入れた冒険者たちが今か今かとアンデッドを待ち構えている。

だけどごめんね。このアンデッド討伐、三人用なんだ。ミッションを前にして、私たちがここで引き下がるわけにはいかない。

ミッションが発生！
・アンデッドファイター×30を討伐する。報酬：亡者の牙×30
・アンデッドマジシャン×22を討伐する。報酬：亡者の布×22
・アンデッドヒーラー×10を討伐する。報酬：亡者の十字架×10
・アーマーデッド×16を討伐する。報酬：亡者の欠片×16

「量産体制入ったぁぁ――――！」

「ここで少しだけ稼《かせ》いでおけば金策にもなる！」

思わぬ稼ぎ時がきてしまった。こんなに楽しいならもっとアンデッドライフを過ごしたい。

だけどなんでこんなにアンデッドが？　いや、ホントにアンデッドいすぎでしょ。

どれだけここで死んでるのさ。冒険者の命がここまで軽いとは思わなかった。

＊　＊　＊

「助かったよ。君たちにはいくら感謝しても足りないほどだ」

霧の森を出て領主がいる町に戻ってきた。

冒険者ギルドに腰を落ち着けて、私たちはこの人たちに感謝されている。そして全員が闇シリーズ装備に頬《ほお》ずりしていた。恍惚《こうこつ》とした表情とお礼のセリフが噛み合ってない。

本当に物欲にまみれてだらしない顔をしてらっしゃる。

私たちのほうはというと、あれからアンデッドどもを嫌というほど狩《か》りまくった。

軽く数百匹は討伐したんじゃないかな？

「亡者の牙４５６個、亡者の布５４５個、亡者の欠片５０１個、そして亡者の十字架が３９９個ね。私たちの分を確保したとしても相当余るね」

「んー、それにしてもこのアンデッドの数は異常だなぁ。マテリ、おかしいと思わねえか？」

「確かにね……。もう少し報酬に代わり映《ば》えがあってもいいと思う」

「聞いたオラが脳みそスッカラカンだった」

「そこまで自虐《じぎゃく》する？」

今、大切なのは報酬の件だ。アンデッドが増えてるってことは亡者シリーズの供給が凄《すさ》まじい。それに加えて新たな報酬が出てくる可能性だってある。

だったらアンデッドの急増は喜ぶべきことだ。うんうん、何一つ問題なんてない。

と、一人で納得していたら冒険者ギルドに冒険者パーティが入ってきた。その人たちを他の冒険者たちが囲んで、労をねぎらっている。

「いやぁまいったまいった！　ひでぇ目にあった！」

「驚いたな。二級パーティのお前らがそこまで怪我《けが》をするなんてなぁ」

「町に帰ってくる途中、アンデッドに襲われてよ。ヘビーボアやキングエイプのアンデッドやら……ありゃ異常だぜ」

「そいつらのアンデッドとなるとレベルは40半ばか……。よく無事だったな」

なぬ？　今なんと？　私たちが討伐したのは人間のアンデッドだ。

人間がアンデッドになるなら魔物だってアンデッドになる。そりゃそうだ。となると、ですよ？

新たな報酬が出ることは疑いようのない事実ですよね？

「今回はなんとかなったがよ。次はわかんねぇな、これ……」

「イグナフ領主が討伐依頼を出すだけあるな。やっぱり異常事態だよ」

「三級以下の冒険者パーティが襲われたらたまらんぞ」

「クソッ、しばらく仕事は休んだほうがいいかもな」

うーん、当初は亡者シリーズで作ってもらった装備を売る予定だったけどさ。

新しいアンデッドによる新しい報酬があるかもしれないとなれば、話は変わってくる。

冒険者たちには悪いけど予定変更《へんこう》かな。

「あ、そういえば俺たちな。アンデッド特効装備を売ってもらったんだ」

「なんだって？」

「あそこの女の子たちだよ。すげぇ強さでな……まだたくさん持ってるはずだぜ」

「本当かぁ？　ドワーフやエルフはいいとして……あの黒髪の娘は魔道士か？」

杖を持っているから魔道士と思ったのかな？　でも私はごく普通の人間です。

「君たち、あいつらが言ってたことは本当なのか？」

「装備を見せてくれないか？」

欲の皮がつっぱった冒険者たちが群がってきた。私もケチじゃないし売ってあげたいけど、今回は――

ミッションが発生！
・亡者の牙、亡者の布、亡者の十字架、亡者の欠片で作った装備を合計５０００個以上売る。
報酬：冥王《めいおう》の杖

「いいよ。あなたたちにこそ使われるべきだと思うからね」

「お、気前がいいな！」

「国を陰《かげ》で支えているのはあなたたちだからね。人々を脅《おびや》かす魔物を討伐して平和を守っている冒険者たちを尊敬しているよ」

「そこまで言ってもらえるなんてなぁ」

冒険者たちがジーンと感動して涙《なみだ》を流す。私の中にある極めて正直な思いが伝わったみたいだ。

武器や防具というのは使い手次第で神にも悪魔にもなる。だったら私は神になろう。

私が異世界に召喚された意味が少しだけわかってきたかもしれない。

「マテリ、さすがのオラも一気には作れねぇぞ」

「わかってる。無理しないでいいからね」

「その声色《こわいろ》からしてまーたミッションが」

「ミリータちゃん！　今は大変な時なんだよ！　私たちが弱音を吐いてる場合じゃない！」

まったく、こんな時にミリータちゃんは何を言い出すんだろう。

ミッションがどうとか言ってた気がするけど、私は常識の範囲で行動してるだけだ。

ミリータちゃんがじっとりと私を見ながら、鍛冶に取りかかる。

光の剣、光の槍。亡者の十字架。嘆きのお守り。常闇の胸当て、鎧。亡者のマント。

そして常闇の盾《たて》なんかも作ってあげたら、より前衛の人たちに喜ばれた。

「光の剣を売ってくれ！」

「こっちは亡者のマントだ！」

「胸当て！」

「鎧と盾と槍！」

「はいはい並んでねー」

「光の剣を二本お願いします！」

「フィムちゃんは後でね」

冒険者ギルド内の冒険者たちが列を作る。

さすがにこれをさばくとなるとミリータちゃんが気の毒だ。と思ったけど――。

「おりゃあぁ――――！　トンテンカントンテンカントンテンカァァ――――ン！」

「おぉー！　ミリータちゃんすごい！」

「おめぇのファイファイファファファイほどじゃねぇ――――！」

「どうして褒めてるのにそういうこと言うの？」

一つずつ、武器を手にするごとに冒険者は歓喜《かんき》する。

鎧、胸当て、マントが出来上がるにつれて冒険者ギルド内が活気づいた。

「初めて手にした武器なのにこんなに手に馴染《なじ》むとはな！」

「さすがドワーフだな。こりゃ人間の鍛冶師の出番がないわけだ」

ミリータちゃんのスキルである神の打ち手は鍛冶の精度や速度が爆上《ばくあ》がりするだけじゃない。通常、鍛冶で作り出せないものまで作り出せてしまう。

鍛冶においてミリータちゃんの右に出る者はいない。

こうなると、こんなミリータちゃんに未熟だと言ってお店を出させなかった意味がわからないな。

いつかミリータちゃんの故郷にも行ってみたくなった。何せドワーフの国だからね。報酬もかなり弾《はず》んでくれそう。

第四章　アンデッド軍団大決戦

王族や大臣、騎士《きし》団長。そしてクリードを交えた会議の雰囲気《ふんいき》は戦々恐々《きょうきょう》としていた。

以前から東の地方を治めるイグナフ領主から報告を受けていたおかげで、大惨事《だいさんじ》だけは免《まぬが》れている状況《じょうきょう》だ。彼《かれ》がいなければ完全に後手に回っていた。

彼の目のつけどころは王族はかなり評価している。だからこそイグナフの領地内は比較的《ひかくてき》、治安がよくて魔物《まもの》による被害《ひがい》が少ない。唯一《ゆいいつ》、奇抜《きばつ》な髪形《かみがた》はやめてほしいという意見だけは満場一致《まんじょういっち》だったが。

「各地におけるアンデッド出現報告が増えている。騎士団長、討伐《とうばつ》状況は？」

「よろしいとは言えませんな。西の地方では討伐隊も苦戦しており、被害もバカになりません。力が足りず、歯がゆい限りです……」

「アンデッドはその性質上、他の魔物より数段手強《てごわ》い。無理もない話だ」

「冒険者《ぼうけんしゃ》たちにも協力を仰《あお》いでおりますが、アンデッドとの戦いだけは避《さ》ける者も少なくありません」

クリードは冒険者たちを責めるつもりはない。それどころか彼らを評価していた。

国防は王族が考えなければいけない課題であり、国民を不安にさせるようなことがあってはならない。

冒険者たちの中には国外から来た者だけでなく、国民も多くいる。クリードは彼らを尊敬しており、冒険者ギルドを通じて待遇面《たいぐうめん》の改善を考えていた。

「アンデッドは死体ゆえ、討伐しても素材にならないのが避けられている要因でもあります」

「仕方ないさ。だからアンデッドは僕《ぼく》たちがなんとかしなくちゃいけない」

「しかしこうも頻発《ひんぱつ》するとは……。野生の……という表現が適切かはわかりませんが、アンデッドというものはそこまで発生率が高くないはずです」

「そうだな。曰《いわ》くつきの場所であるほどアンデッドとして蘇《よみがえ》る確率は高いが、そうでなければわずかなものだ」

死体となった人間や魔物が放置されていれば、様々な理由でアンデッド化することがある。

エクセイシア王国において、ここまでアンデッドがのさばった理由が誰《だれ》にもわからなかった。いや、クリードだけは薄々《うすうす》心当たりがあった。彼が発言しようか迷っていた時、国王が口を開く。

「やはり魔道士協会だな」

「ち、父上！　あまり滅多《めった》なことは言わないほうが……」

「魔道士協会の支部が壊滅《かいめつ》してから、ほどなくして起こった事態だ。それにクリード、お前にも思い当たる魔道士がいるのではないか？」

「……言ってしまっていいのでしょうか？」

「髑髏《どくろ》魔道士ズガイア、六神徒によるものであれば不思議ではない」

会議室内が一気にざわついた。その名を聞いて平静を保てる者などいるわけがない。

魔道士協会、評議会直属の六神徒。

唯一無二《ゆいいつむに》の固有魔法《オリジナル》を行使する魔道士協会の魔道士の中でも最高峰《さいこうほう》の六人だ。

空想上の存在とされていた神の生まれ変わりとも呼ばれていて、それぞれが神に準じた固有魔法《オリジナル》を行使する。

例えばズガイアの魔法は死後の世界における神、冥王《めいおう》ハーデスの力を体現していると聞く。

「お、お待ちください！　仮にズガイアの仕業《しわざ》だとしても、これほど大規模なアンデッドをどのようにして⁉」

「いや、それ以前になぜ六神徒が我が国を陥《おとしい》れる！」

「魔道士協会本部に抗議《こうぎ》すべきだ！」

大臣たちが騒《さわ》いで、いよいよ会議は迷走する。

原因としてクリードはマテリを思い浮《う》かべていた。マテリが魔法生体研究所を潰《つぶ》してしまったせいで、報復に出たとクリードは考えている。

「やはり報復か？」

「そ、そ、そうだ！　あの少女たちが魔道士協会に歯向かったせいだ！」

「だとすれば許しておけん！　今すぐにでも捕《つか》まえて、なんとかズガイアに許しを請《こ》うのだ！」

やはりこうなったかとクリードは頭を抱《かか》える。

そういう意見が出るのも仕方がないと割り切っているものの、好意を寄せているマテリにヘイトが集中するのはクリードも望んでいない。

マテリが魔法生体研究所を潰さなければ、アンデッドの前に魔法生物がエクセイシア王国内を闊《かっ》歩《ぽ》していた。

つまりマテリはこの国の救世主であり、彼女《かのじょ》の評判を貶《おとし》めることはあってはならない。

「陛下！　一刻も早く、あのマテリを捕《と》らえましょう！」

「その必要はない。そなたらは彼女が危機を取り去ったことをもう忘れたのか？」

「あ、あの研究所ですか。しかしこの惨状《さんじょう》を招いたのも事実では……」

「黙《だま》らんかッ！」

国王の一喝《いっかつ》で大臣たちが沈黙《ちんもく》した。国王が怒《おこ》らなければクリードが怒声《どせい》を張り上げていたところだ。

「都合がいい時は賞賛して、そうでなければ手の平を返す！　弱者の特権だな！」

「そ、それは、確かに……」

「マテリたちは我々王族が認めたのだ！　これ以上、彼女たちを貶める発言は許さん！」

「も、申し訳ありません！」

国王がここまで感情を露《あらわ》にすることなど滅多にない。

大臣たちが一斉《いっせい》に立ち上がって頭を下げた。

一方、クリードとしてはまだ腹の虫が収まらない。できることなら全員、一発ずつ殴《なぐ》ってやりたいとすら思っていた。

「……こんなことで争っている場合ではない。早急に対策を」

「会議中、失礼します！　報告しなければいけないことがあります！」

会議室の扉《とびら》が激しく叩《たた》かれた。

「ハッ！　ご報告します！　現在、王都にてマテリたちが対アンデッド用の武器や防具を販売《はんばい》しております！」

「なんだと⁉」

クリードも思わず身を乗り出すほどの衝撃《しょうげき》だ。

「そ、それで飛ぶように冒険者たちに売れているようで……」

「行くぞ。女神《めがみ》が導いてくれている」

「は……？」

クリードが颯爽《さっそう》と立ち上がり、会議室を出る。

こんなところで話し合っている場合ではなく、クリードにとって愛《いと》しいマテリがそこにいる。マテリがまたしても自分たちを救いにきた。やはり自分が見込《みこ》んだだけはある。

マテリは女神と呼んでも差し支《つか》えない少女であり、彼女は平和を愛して命を脅《おびや》かす悪を許さない。

クリードがそう想《おも》いを募《つの》らせて、胸を高鳴らせていた。

マテリと同じ時代に生まれ落ちたことに、クリードは運命を感じずにはいられなかった。

＊　＊　＊

王都に移店、じゃない。移転して正解だった。単純に人が多いから、亡者《もうじゃ》シリーズが飛ぶように売れる。

価格設定はミリータちゃんにお任せしているけど、私感覚ではバカ高いと思う。光の剣《けん》と光の槍《やり》が一本5万ゴールド。RPGでいえば終盤《しゅうばん》の町に着いたけど高すぎて買えないみたいな感覚だ。常闇《とこやみ》の鎧《よろい》が6万5000、胸当てが4万。亡者のマントが4万8000、嘆《なげ》きのお守りが2万。亡者の十字架《じゅうじか》が3万6000。

こんな価格設定なものだから当然、ぼったくり呼ばわりするのもいるわけで。

「おうコラァ！　さすがにこの価格は納得《なっとく》いかねぇなぁ！」

「おめぇ、よく見ろ。手に取ってみろ。おめぇほどの冒険者ならわかるはずだ」

「あん？　どういうことだ……」

「一流の冒険者ってのは一流のアイテムを見抜《みぬ》く。手に取って感じてみろ」

「なるほど！　わかった！　こいつは一級品だ！」

一流の冒険者というフレーズで気をよくした冒険者が手の平を返した。

ミリータちゃんも悪よのう。私じゃとてもそんな邪悪《じゃあく》な売り文句は思いつかない。

「光の剣を二本、もらおう」

「お目が高い！　格が伝わるべ！」

「こっちは亡者のマントを三つ」

「さすがだ！　一流は一流を呼ぶ！」

あれ？　もしかしてミリータちゃん、商売上手？

私としてはお客さんとケンカするイメージがあったんだけどな。

そういえばこの子、店を出したいとか言っていたっけ。口だけじゃなくてきちんと商売のやり方を心得ているのがすごい。

「光の剣、4万8000ゴールドなら買いたい」

「いやぁその金額だとオラたち、破産しちまうからなぁ！」

「じゃあ4万8500でどうだ？」

「んん〜〜〜！」

なにこれ。私ならしつこく値切ってきた時点で杖《つえ》による平和的解決を試みるよ。

大体ね、このアイテムを作るのにミリータちゃんがどれだけ苦労したと思ってるのさ。

この数日間、睡眠《すいみん》時間を削《けず》って鍛冶《かじ》に打ち込んだんだからね。

そうなると食事は私たちがサポートする必要がある。フィムちゃんが食事を作って、私が頑張《がんば》って味見をしてミリータちゃんを支えたんだ。

「4万8900でどうだ!?」

「あのさ、これ一本作るのにどのくらい苦労すると思う？」

「な、なんだ？」

「素材は一部のアンデッドからしか採取できない亡者の欠片《かけら》と亡者の十字架を使ってる。冒険者ならどれだけレアかわかるでしょ？」

「ゲッ！　亡者の欠片といえばレベル70超《ご》えのデュラハン討伐が必須《ひっす》じゃないか……」

それはさすがに知らなかった。クリア報酬《ほうしゅう》、あんたすごいね。

一つ手に入れるだけでも死傷者を覚悟《かくご》しなきゃいけない代物《しろもの》だと、近くにいた冒険者が教えてくれた。

「マテリ、おめぇ余計なこと」

「ミリータちゃんは黙ってて」

ミリータちゃんの労苦を一ゴールドすら安く見積もらせるつもりはない。群がってきた冒険者が顔を見合わせている。

「そ、そんなもので作られたのがなんでこんなにあるんだよ⁉」

「そうだ！　デュラハンなんて国内にいないだろう！」

「デュラハンといえば北東の国にあるラスタイン城跡《あと》が有名だ。魔物の平均レベルが70の魔境……お前らがそんなところに行ったってのか？」

冒険者たちが口々にあーだこーだ言い出した。私が杖を思いっきり床《ゆか》に叩きつけると、破片《はへん》が盛大《せいだい》に飛ぶ。

「このくらい強くても説得力ない？」

ご清聴《せいちょう》ありがとうございます。すぐに静かになりましたね。

「ご納得いただけたのならどうぞ、お買い上げお待ちしております」

「て、定価でいい」

「こっちは亡者のマントを……」

「光の槍を定価で買いたくてしかたない」

さすが歴戦の冒険者、きちんと商品価値を理解している。長年の経験と勘《かん》をもってすれば、そんなものは簡単ってわけね。より冒険者の人たちに敬意を表したくなった。

そしてミリータちゃんが目をパチパチさせている。

「お、おめぇマテリ……」

「お店っていうのはね。自分の商品を安く見せちゃいけないんだよ。職人の価値そのものなんだからさ」

「……ありがとな」

ミリータちゃんが照れくさそうに指で頬《ほお》をかく。

私が物欲にまみれてばかりの女の子じゃないと、これでわかってもらえたはずだ。

ふと見ると冒険者たちが一列に並んでいる。さっきまでは我先にとばかりに押《お》し寄せてきたのに。

そんなにお行儀《ぎょうぎ》よくされると、より定価で売りたくなっちゃう。

「これは……やはり君か、マテリ」

「クリード王子！」

颯爽と現れたのは護衛を引き連れたクリード王子だ。騎士団長も一緒《いっしょ》みたいで、ちょっと気まずい。

「これが対アンデッド用の装備か？」

「はい。お一つ、定価でいかがですか？」

「できれば騎士団の騎士たち全員に持たせたい。在庫はどの程度ある？」

「きしだんぜんいん！」

大口の客がきちゃった。さすがの冒険者たちも王子相手じゃ口出しできない。

「在庫はまだ四千以上あるなぁ」

「わかった。ひとまず二千は見積もろう」

「にせんだべがぁ！」

ミリータちゃんとクリード王子の商談がまとまったみたいだ。さすが王族、でもやけにタイミングがいいね？

「マテリ、君には本当に驚《おどろ》かされるよ。国の危機をいち早く察知して、この装備を揃《そろ》えたんだからね」

「ま、まぁそうですね」

「フフフ……。それでこそ僕が惚《ほ》れた少女だ」

「結局そこなんですか」

すごいドヤ顔で熱視線を送ってくる。

その様子を見た冒険者たちが慌《あわ》てふためいて、なんか熱愛とかいうフレーズが聞こえた。

「ク、クリード王子があの子を……」

「物好きにもほどがある！」

「いや、でも顔だけ見ればなかなかではないか？」

ちょっと冷静に理解してもらうために一発だけぶち込んでもいいかな？

クリード王子、不敬罪だからしょっぴいていいよ。

＊　＊　＊

紅《くれない》の刃《やいば》はそれなりに名が通った一級冒険者パーティだ。一級冒険者といっても一般《いっぱん》の者たちには伝わりにくい。

冒険者になるには冒険者ギルドに登録料を支払《しはら》って登録を済ませる必要がある。この時点では六級、魔物討伐の依頼《いらい》を引き受けられないビギナーだ。

そこから階段のように各昇級《しょうきゅう》試験に合格して昇級すればいいのだが、上にいくほど狭《せま》き門となる。三級の時点で冒険者登録をすませた奴《やつ》のうち、三分の一も残ってない。

昇級できずに辞《や》める者、食べていけずに辞める者、死ぬ者。それでも冒険者になろうとする奴が後を絶たない。

なぜか？　一級冒険者ともなれば稼《かせ》ぎが尋常《じんじょう》ではないからだ。

一級ともなれば貴族から依頼されることもあり、気に入られたら仕事を優先的に回してもらえるようになる。

中には七代先まで遊んで暮らせる金を稼いだ者もいる。

「俺《おれ》たちは一級冒険者！　選ばれし精鋭《せいえい》！　だよな？」

「そうよ、フレイド。私たちには一攫千金《いっかくせんきん》を手にする資格がある」

「おうよ！　俺たちゃ無敵！　グハハハハ！」

リーダーのフレイドは女性人気が高い剣士、剣術に関しては一対一での敗北は一度もない。全等級を含《ふく》めた冒険者合同訓練の模擬《もぎ》戦で彼に勝てる者はいなかった。

リンダは美人魔道士。美人だが金に汚《きたな》く、泣かされた男はそこそこいる。搾取《さくしゅ》が気に入らないので魔道士協会には所属していない。

グハハガハハ笑いのダイアンはヒーラーだ。

ヒーラーに似つかわしくない筋骨隆々《りゅうりゅう》の大男で、その気になればメイスで魔物なんて叩き殺す。

「今日の獲物《えもの》はフレアドラゴンだ。こいつの討伐報酬がありゃ当分は遊んで暮らせるぞ」

「うーふふふふぅ……涎《よだれ》しか出ないわぁ」

「鱗《うろこ》とかの素材も高いんだろう？　ガハハハッ！」

ダイアンが言う通り、フレアドラゴンの鱗には希少価値がある。

一枚で半生は生きられる金が得られるので、フレイドは冒険者にやりがいを感じていた。もちろん一級でもない冒険者が討伐に向かうのは無謀《むぼう》だ。

身の丈《たけ》に合わない討伐依頼を引き受けた者から死んでいくのがこの世界なのだから。

その点、彼らは違《ちが》う。

若くして一級の昇級試験に受かった天才であり、同じく十代で一級に上り詰《つ》めた冒険者は蒼天《そうてん》の翼《つばさ》くらいだ。

「フレアドラゴンはここ、ベレンドル火山の火口から生まれたドラゴンだと言われている。俺たちなら余裕《よゆう》だろう」

「氷魔法で冷やしちゃえばいいのよ」

「頼《たよ》りにしてるぜ。ダイアンはいつも通り、回復に徹《てっ》してくれ」

「おう！」

リンダが舌なめずりをして、今か今かと魔物を待ち構えている。そろそろ火口が近く、フレアドラゴンの住処《すみか》がすぐそこにまで迫《せま》っていた。

フレイドはフレアドラゴンのような相手こそが紅の刃に相応《ふさわ》しいと、戦いの時を待ちわびている。

「おい、フレイド。あ、あれがフレアドラゴンか？」

「ん……なんだありゃ？」

頂上にて、紅の刃を出迎《でむか》えたのはフレアドラゴンのそれとは大きくかけ離《はな》れていた。

鱗が剥《は》がれ落ちて、翼が腐《くさ》っていて飛べる状態ではない。空洞《くうどう》の瞳《ひとみ》、それに口から乱杭歯《らんぐいば》を覗《のぞ》かせている。そして暑さも相まって、腐臭《ふしゅう》が半端《はんぱ》ではなかった。

「こ、こいつまさかゾンビ化してやがるのか！」

「くっさぁぁ！」

「おい！　やるぞ！　ガハハハッ！」

ドラゴンゾンビ、フレイドはそう思い当たる。最近、アンデッドが増えているという話を思い出した。

自分たちの実力なら問題ないと思っているものの、ドラゴンゾンビはちょっと面倒《めんどう》だとフレイドは鼻の下をかく。

生前以上にしぶとい上にドラゴンのブレスも健在だからだ。しかしフレイドにはとっておきのスキルがあった。

「ドラゴンスライサァ――――！」

「アイスエイジッ！」

剣士の中でも一部しか使えないと言われているドラゴン特効の技《わざ》だ。が、しかし。

「完全に入ったはずだぞ⁉」

「ブレスがくるわ！」

フレイドは確かに手応《てごた》えを感じていた。ドラゴンスライサーならば問題ないと思っていただけに、想定外の事態に陥《おちい》ってしまう。ドラゴンゾンビのブレスが紅の刃に放たれようとした、その時だ。

「冷凍剣《れいとうけん》……コキュートスッ！」

「グウォォ――――！」

ドラゴンゾンビが真っ二つに裂《さ》かれて断面から凍《こお》りついていく。一刀両断した少女が着地した後、分かれたドラゴンゾンビがそれぞれ倒《たお》れる。

とんがり耳が目立つ少女にフレイドは見覚えがあった。

「さすがフィムちゃん、光の剣は強力だね！」

「師匠《ししょう》、この光の剣は買いですよ！」

フレイドは驚愕《きょうがく》した。忘れるはずもなく、彼女たちとはこれまで何度か会ったことがある。シューバンの町、エクセイシア王都、アレリア遺跡《いせき》。またかとフレイドは舌打ちをした。

「あれぇ？　そこにいらっしゃるのは一級冒険者パーティの……えっと、うーんと。あ、そうそう……」

「師匠、紅の刃です」

「あーそうそう！　奇遇《きぐう》だねぇ！」

「いやなんですぐ思い出せねぇんだよ⁉　散々やってくれたくせによ！」

行く先々に現れる少女たちをフレイドはよく思っていない。その尋常ではない強さも気に入らないが、少女たちが冒険者ですらないことにも腹を立てている。

それなのに一級冒険者である自分たちをしのぐステータスであり、フレイドは彼女たちを人外とすら思っていた。

「紅の刃さん。何かとアンデッドが大変なご時世ですよね？　そこでこちらのフィムちゃんが使っていた光の剣はアンデッド特効！　実演して見せたように瞬殺《しゅんさつ》できる！」

「アンデッドスラーッシュ！」

「そうそう、この光の剣ならドラゴンゾンビだって怖《こわ》くない！」

マテリたちのあからさまな宣伝に、フレイドは苛立《いらだ》ちを覚えた。

「お一つ、５万ゴールド！　と言いたいところですけど、ベレンドル火山特価で４万９９００ゴールドに！」

「な、舐《な》めやがって……」

「だけどフレイドよぉ。さっきのはマジでやばかったぜ。ただのアンデッドならともかく、ドラゴンゾンビはやべぇよ」

「ぐぬぬ……」

マテリたちが現れなければ紅の刃は壊滅していた可能性がある。そう自覚しているものの、このタイミングで現れて押し売りする行為《こうい》がフレイドは気に入らなかった。

そもそもそこまで高性能な剣を売るというのも怪《あや》しく思っていて、絶対に買わないと固く決意した。

「亡者のマントに常闇の胸当てかぁ！　とりあえず一つずつ買うぜ！」

「ダイアンンンンン！」

「亡者の十字架、おしゃれじゃない？　買うわ」

「リンダアァァァ――――！　勝手に金を使うなぁ――！」

「いいじゃない。それにあの光の剣でアンデッド討伐をすれば、より効率が上がるじゃない？　そうなったらますます私たちの評判が上がるでしょ」

マテリの言葉には一理ある。それをわかっていてもフレイドは素直《すなお》になれなかった。

「ま、またドラゴンゾンビだぁ！」

「ウッソだろぉ！　おい、ジャリ娘《むすめ》ども！　出番だぞ！」

「さようならー」

「あぁぁあぁ――――!?」

フレイドは焦《あせ》った。今の自分たちでは間違いなく対処できず、このままでは今度こそ全滅《ぜんめつ》だ。フレイドは歯ぎしりをした後、叫《さけ》んだ。

「買う！　買うからぁ――――！」

こうしてフレイドは負けた。ドラゴンゾンビには勝ったが勝負に負けた。

しかも文句なしの高性能な装備なので、ケチのつけようがない。

彼女たちは悪魔なのか天使なのか。そもそもなぜあの強さで冒険者登録をしないのか。

フレイドには何一つ理解できなかった。

＊　＊　＊

「毎度ありぃ！　またのお越《こ》しをお待ちしてるべ！」

オラは王都で店番、マテリは出張営業。この二段構えの商売はなかなか順調だ。

人が多い王都なら優秀《ゆうしゅう》な冒険者が立ち寄って、気前よく買ってくれる。

中にはうわさを聞きつけた貴族が直々《じきじき》にやってきて大人買いしてくれるんだからありがてぇ。ポツポツと上客がついたおかげで、大量の注文をしてもらえることも増えた。

こっちは何も心配ねぇ。まぁたまーにトラブルがないこともねえんだけど。

「おう！　クソガキが！　誰に断ってここで商売しとんじゃゴラァァ――――！」

「ほい、王印証」

「あん？　なんだそりゃ？　ガキのごっこ遊びの玩具《おもちゃ》かぁ？」

「はぁー……商売において大切なことがあるんだなぁ」

オラは店を持ちたいと夢見ていただけあって、それなりに心得っつうもんを知ってる。

ていうかこの王印証、あんまり役に立たねぇ。

「あぁ!?　てめぇ少し痛い目に」

「どるあぁ――――！」

「グハァァッ！」

こんなもん槌《つち》でまとめてぶっ飛ばして終わりだ。

商売において大切なこと、それは治安維持《いじ》。チンピラが集まる店なんてチンピラしかよってこねぇ。悪質なクレーマーは相手にしねぇでとっととぶっ飛ばすに限る。

幸いクリード王子も了承《りょうしょう》してくれてることだ。それにこれは悪いことばかりじゃねぇ。

「君、やっぱりめちゃくちゃ強いな！」

「光の槍を二本くれ！」

「その槌がほしい！　いくらで売ってくれる⁉」

売らねぇ売らねぇ。ああいうトラブルも解決すればちゃーんと見てる奴には届く。

ろくでもねえ客気取りを弾《はじ》くのは商売の鉄則だ。

おかげで今のがいいパフォーマンスになったのか、より人の目を引いた。

「アンデッドには本当に困っていた。せめて亡者の十字架だけでも買おうかな」

「ていうかたっけぇ！」

ま、売値は見逃《みのが》してくれ。手間も暇《ひま》もかかってる。それをここで証明してんだからな。

「じゃあ今から鍛冶の実演といくかー！」

「おぉぉ――――！」

パフォーマンスは商売において大切だ。

料理だって実演して見せればうまそうに見えるべ？　これもちょっとしたテクだな。

マテリ、おめぇのほうはうまくやってるか？

＊　＊　＊

「気張っていこぉ――――！」

「おぉぉ――――！」

話し合いの結果、冒険者たちが亡者装備の実演販売に協力してくれた。

フィムちゃんが実演するだけじゃなくて、冒険者自らがアンデッド討伐をすることで購買《こうばい》意欲を掻《か》き立てる。今や冒険者軍団と呼んでも相応しい人数だ。

「ククク……この切れ味、早く試《ため》してみてぇなぁ」

「次はどのアンデッドが光の剣の錆《さび》になる？　へへッ！」

「たまんねぇなぁ！　ヒャ――ッハッハッハァ！」

なかなか元気でよろしい。一部、人格に影響《えいきょう》が出ている方々もいらっしゃるけどまったく問題ないね。これは完全に報酬中毒ですわ。

「おい、ジャリ娘ども！　なんで俺たちがこんなことを！」

「あのね、紅の刃諸君。あなたたちは冒険者だよね？」

「当たり前だろ！」

「だったら広い視野で物事を俯瞰《ふかん》しないとダメだよ。紅の刃がリーダーシップをとれば、より冒険者たちからの信頼《しんらい》が厚くなる。そうなれば特級冒険者だって夢じゃないよ？」

「と、特級……」

特級という等級があるらしい。冒険者の中でも一握《ひとにぎ》りしか到達《とうたつ》できない頂で、その実力は単独でレベル100を討伐できるほどだとか。

決戦級とも言い換《か》えられて、特級冒険者が動けばあらゆる情勢が塗《ぬ》り替《か》わるとまで言われている。

そんな感じで国王からも直々に認められている例外枠《わく》みたいな人たちだとフィムちゃんが言っていた。

「特級……。ボクもいつかは必ず……」

「フィムちゃん、冒険者登録してたっけ?」

「あっ」

だよね。何せずっとレベル上げに勤《いそ》しんでいたからね。

ていうかあのスキル脳の王様、それくらい気を利《き》かせて登録させたらよかったのに。

「あそこで冒険者パーティがアンデッドの群れと戦ってる！　皆《みんな》、見せつけなさい！」

「オラァァ――――！」

「死ねやぁ――――！」

冒険者たちが押し寄せて、あっという間にアンデッドをほぼ全滅させた。

うんうん、以前なら苦戦必至だったのに成長してくれて嬉《うれ》しい。これも日《ひ》頃《ごろ》の鍛錬《たんれん》の賜物《たまもの》だね。

そんな人たちのあまりの強さに、助けられた冒険者パーティは呆気《あっけ》に取られている。

「なんだ、なんだってんだ！」

「おいぃ、この光の剣ってやつがなぁ……これがなぁ……なんだと思う?」

「いや知らねぇよ！　お前ら誰だよ！」

「ククッ……こいつでアンデッドを一撃で斬《き》るんだぜぇ?　試してみたくねぇか?」

「いや、別に……」

「ククククッ！　強がってもわかるんだよぉ……本当は気になってしょうがねぇってなぁ！　こいつが欲《ほ》しいんだろぉ?」

助けられた冒険者が圧倒《あっとう》されて何も言えない。

うん、同情するよ。まったく誰のせいだか。

「その剣が、か……？」

ごくりと唾《つば》を飲んだ冒険者に光の剣が手渡《てわた》された。そして残りのアンデッドに斬りかかって瞬殺。

「こ、これはすげぇ！」

「だろぉ!?　あそこにいるマテリの姉御《あねご》なら快く売ってくれるぜぇ？」

「おい、そこのマテリとかいう」


ミッションが発生！
・アンデッドナイト×２を討伐する。報酬：亡騎士の勲章《くんしょう》×２

「っしゃあああぁぁ――――！」

「え……な、なんだ!?」

よろよろと現れたアンデッドナイトに飛びかかる。杖で兜《かぶと》ごと搗《か》ち割って、もう片方も鎧をぶち抜く。

ミッション達成！　亡騎士の勲章×２
効果：アンデッドを倒した時、一定確率で亡者の欠片を落とす。

「金策はかどるぁ――――――――！」

あまりの嬉しさで亡騎士の勲章を高々と掲《かか》げる。

冒険者たちが亡騎士の勲章に注目して、そして拍手《はくしゅ》した。

「つ、つぇぇ！」

「これが亡者装備よ！」

「姉御は俺たちの女神だぁ――――――！」

皆が歓喜《かんき》して、次々と冒険者が亡者装備の虜《とりこ》になった。

このチームは各地に散ってもらって、亡者装備の真価を知らしめてもらうことになる。

残っている亡者装備もわずか。いよいよミッション達成が近づいてきた。

それはそれとして、なんかテンション上がり過ぎて聞き捨てならない言葉が聞こえたような？　まぁいいか。

＊　＊　＊

「……む、しまった」

ズガイアは湿地帯《しっちたい》で目が覚めた。こういう陰気《いんき》なところが彼にとって居心地《いごこち》がよく、眠《ねむ》るのに快適な環境《かんきょう》だ。

その場所が自身の魔法の特性と噛《か》み合うと、魔道士にとって相性《あいしょう》がいいとも言われている。フレイムリザードの死体の尾《お》がズガイアのちょうどいい枕《まくら》となっていた。

「ここらの魔物もあらかたアンデッドにできたようだな。上々だ」

ズガイアの固有魔法《オリジナル》は一度、殺さなければ効果を発揮しない。死体でなければアンデッド化ができない特殊《とくしゅ》な固有魔法《オリジナル》だ。

彼は昔、この魔法のせいでひどく嫌《きら》われた。小さな農村に生まれた彼は人見知りが激しく、両親からもよく思われていなかった。

ズガイアの物心がついたある日、小鳥の死骸《しがい》に固有魔法《オリジナル》をかけてしまう。魔法だと知らず、無意識のうちに使っていた。すると死骸だった小鳥が動き出して、意のままに操《あやつ》れるようになる。

これなら両親に認めてもらえる。ズガイアは喜んで報告したが、悪魔の子と蔑《さげす》まれるようになった。

ズガイアへの扱《あつか》いが悪くなり、食事もほとんど与《あた》えられない。同年代の子どもからは石を投げられた。そんな辛《つら》い日々を送っていた時だ。

魔道士協会の魔道士が村にやってきた。各地を旅して優秀な魔道士をスカウトしていると彼らは村人に説明する。

もし、彼らが立ち寄らなければ今頃、惨《みじ》めな人生を送っていたに違いないとズガイアはその日のことを時々思い出す。

魔道士たちに認められたズガイアは魔道士協会へ勧誘《かんゆう》された。農村と違って、魔道士協会で彼の固有魔法《オリジナル》は絶賛される。

魔法の才能さえあれば神にもっとも近い存在となれると教えられていたおかげでズガイアは、つらい修業《しゅぎょう》の日々を乗り越えることができた。その甲斐《かい》があってついにズガイアは六神徒に上り詰める。

そして彼は気づいた。自分を蔑んだ者たちがいかに愚《おろ》かで矮小《わいしよう》かに。

自分がどれだけ特別な存在であるか、魔道士協会が教えてくれた。

持たざる凡人《ぼんじん》は持つ者を畏怖《いふ》する。理解を超えているから拒絶《きよぜつ》する。

そう悟《さと》った時、ズガイアは生まれて初めて心の底から笑った。

「ククッ……。持たざる者たちよ。今頃、アンデッドによってさぞかし脅かされていることだろう」

死とは終わりであり、人は恐怖《きようふ》すれば死をもって敵を終わらせようとする。

魔物という脅威《きようい》を取り除くために人は討伐する。

しかし終わらせたのに終わっていなかった存在こそがアンデッドだ。

ズガイアは自分の固有魔法《オリジナル》の強さをそう理解していた。

「そろそろ最寄《もよ》りの町あたりは壊滅しているだろう。少し様子を見てやるか」

湿地帯から動き出して、ズガイアは最寄りの町へと向かった。

外壁《がいへき》に囲まれているので外からでは様子はわからない。

しかし、外壁の内側ではさぞかし阿鼻叫喚《あびきようかん》の惨劇《さんげき》が起こっているのだろうとズガイアは嬉々《きき》として歩みを進める。笑いを堪《こら》えつつ、町の入り口の前に立った。

「……なんだこれは」

ズガイアが見た町の様子は至って平和そのものだった。

賑《にぎ》わいを見せた街並み、行き交《か》う者たち。とてもアンデッドの襲撃《しゆうげき》があった町の光景ではない。

そこへ冒険者たちが後から町に入ってきた。

「いやぁー！　今日もたくさん討伐できたな！」

「囲まれた時はどうなるかと思ったけど余裕だったな」

冒険者である彼らを見て、ズガイアはニヤリと笑う。

その余裕がいつまでもつか。ここがアンデッドに滅《ほろ》ぼされる運命にあると知らない冒険者がズガイアにとって滑稽《こっけい》でたまらなかった。

「あのトカゲみたいなアンデッドにはびびったなぁ」

「それにアンデッドファイターもいたよな」

「本当に面白《おもしろ》いくらいバッサリ斬れるのな」

予想してなかった会話にズガイアが聞き耳を立てる。

アンデッドは強力だと自負しているが、腕《うで》に覚えがある冒険者ならば討伐できても不思議ではない。しかしズガイアにはトカゲみたいなアンデッドという言葉が引っかかる。

彼がアンデッドに変えたのはフレイムリザードで、いかに腕に覚えがあろうとも簡単に討伐できるものではない。ズガイアはかすかな違和《いわ》感を覚えた。

冒険者に外傷はほぼ見られず、無傷と言っていい。ズガイアは引き続き彼らを観察した。

「よう！　お前らも帰ったか！」

「お、そっちもアンデッド討伐から帰ったようだな！」

二組目の冒険者パーティの登場にズガイアは驚いてのけ反る。ズガイアが見る限り、彼らも平凡《へいぼん》な冒険者たちだ。

「アンデッドボア十三匹《びき》、アンデッドナイト四匹……少し物足りなかったな」

「これだけ狩《か》りまくってると、そろそろ討伐報酬も安くなりそうだな」

「この辺で光の剣を持ってない奴なんかいないだろうからなぁ」

「嘆きのお守りと常闇の鎧、亡者のマントさえあればよほどじゃない限り負けないぜ」

嘆きのお守りや常闇の鎧と聞いて、ズガイアは困惑《こんわく》した。

それらの装備品は一部のアンデッドから採取できる貴重な素材がなければ手に入らない。それも生半可な鍛冶師ではなく、作製できるのはドワーフの中でも一部のみ。

国によっては王宮専属の鍛冶師でなければ打てず、一般の冒険者がそれを手に入れるのは困難だ。

それらが簡単に作製できるならば、この世からアンデッドの脅威などなくなる。

特定種族への耐性《たいせい》装備はそれほどの存在だ。そう認識《にんしき》していたズガイアにとって、彼らが何を言ってるのか理解できなかった。

「あれ？　そこの魔道士さん、なんだか顔色が悪いな？」

冒険者たちがズガイアに気づいて声をかけてきた。

「か、構うな……」

「あんた、そのローブのシンボルからして魔道士協会か？」

「お、お、お前たち、その、光の剣は、どこで……」

冒険者たちが顔を見合わせている。

「あー、そうか。あんたも欲しいんだな？　これを大量に売ってるのがいるんだよ」

「たい、りょう？」

「一本5万ゴールドで売ってもらったよ」

「ごまんごーるどだとぉ――――!?」

「そりゃ驚くよなぁ」

ズガイアは耳を疑った。聞き間違えていると思い込もうと必死だ。

自分は魔道士協会本部評議会直属。六神徒の一人であり、うろたえるなどあり得ない。平静さを保とうとするほど、足元がおぼつかなかった。

冒険者はよろめくズガイアを心配そうにして支える。

「おい、大丈夫《だいじようぶ》か？　体調が悪そうだな。よかったら治療院《ちりよういん》まで送ろうか？」

「心配、ない……」

自分のような神に選ばれし者に必要なのは鍛《きた》え抜かれた精神。ズガイアは呼吸を整えた。

「そこの魔道士」

「な、なんだ、私のことか？」

ズガイアに話しかけてきたのは町の衛兵だ。衛兵がズガイアのもとに来て、険しい表情で威嚇《いかく》するように立ちはだかった。

「詰め所まで同行願おう」

ズガイアは言葉を返せず、もはや思考する余裕すらなくなっていた。

＊　＊　＊

ミッション達成！　冥王の杖を手に入れた！

効果：攻撃《こうげき》＋444　冥王の杖でダメージを与えた場合、回復や再生できない。

「っっっしゃっあぁ――――――――！」

実演販売を終えた帰りの道中、ついに王都でミリータちゃんたちと合流した！

そう、ついに亡者装備を五千個すべて売りきったのだ！

私たちは勝った！　やりきった！　よくやった！　誰か褒《ほ》めて！

例えばそこの紅の刃！

「褒めるぇ――――――！」

「ひぃぃいっ！　い、意味わからん！」

「亡者装備がね！　五千個！　売れたのぉ！」

「はぁ⁉　あんなボッ……いや。素敵《すてき》な装備といえど、すごい価格の装備が全部売れたって⁉」

「ぼったくりって言いかけたね？」

確かに価格はすごかった！　だからね！　私は！　やりきった！

最後！　残り六十本くらいがね！　ぜんっぜん売れなかった！

売れなさすぎてまだ買ってない冒険者を三日間くらい追い回した！

至極《しごく》まともな交渉《こうしょう》の末！　買っていただけたものの！

まだ残り五十本以上！　どうすんのってね！　思うよね！

「そこの勇勝隊とブライアス隊ぃ！　これで平和を守れぇぇ！」

「クソッ！　おかげで今月の遊ぶ金がなくなった！」

「まぁ我が部隊にとってもありがたい」

「さすがブライアス隊長ォォ――――！」

さすが国防を一身に引き受ける男！

それに引き換え、勇者ともあろう男が遊ぶ金とかみみっちい！

金！　金！　金に執着《しゅうちゃく》とか恥《は》ずかしくないの！

そういう欲はね！　みっともないって言うんだよ！

「マテリ！」

「ミリータちゃん！」

「師匠！」

「フィムちゃん！」

三人で手を合わせて、そして――。

「私たち！」

「オラたち！」

「ボクたちは！」

「この度《たび》！」

「ミッションクリアしました！」

「鍛冶師としてやり切っただ！」

「平和への貢献《こうけん》を果たしました！」

足並み揃わない！　でもいいんだいいんだ！

大切なのは心よ！　心さえあれば為《な》せば成る！　私たちは成った！

「マテリ！　今夜は打ち上げだ！」

「貴族とかが利用するお店で豪遊《ごうゆう》しよう！」

「一本数十万する酒とか空けるべ！」

「ミリータちゃんってお酒を飲んでよかったっけ！」

「ドワーフは十歳《さい》から飲む！」

おそるべしドワーフ！　私、お酒とか飲めないけどがんばって！

「お、おい……。お前ら少し浮かれすぎじゃないのか？」

「は？　なんでそういうこと言うの？　ミリータちゃん、この紅の刃がノリわるーい！」

「カーッ！　おめぇらはつっまんねぇ連中だ！　めでてぇ日に祝えない奴なんか地中深くに沈《しず》んでマグマにでも頭から突《つ》っ込んじまえ！」

「そこまで言うか⁉　お前ら、ホントどうした！」

めでたい日には手を取り合って！　リズムに乗って！

「ミリータちゃん！　なんかもう楽しいから踊《おど》ろう！」

「踊るべ！」

「踊りましょう！」

「ふぁいふぁいふぁふぁいふぁっい♪」

「ぬうーりゃーぬりゃぬりゃっ♪」

「ぜーんけーんぎっぎっ♪」

テンションの上昇が止まらない！

ここ王都のど真ん中なんだけど別にどうでもいいか！

「た、楽しそうだな……」

「俺たちも踊るかぁ？」

「踊らにゃ損だぜぇ！　ヒャハハハハハッ！」

一部、人格に支障をきたした冒険者たちがいたんだ！　踊れや飲めや！　歌えや歌え！

「あっそれっ！」

「あっそれっ！」

「ふぁいふぁいふぁいふぁいふぁい！」

「ふぁいふぁいふぁいふぁーい！」

元気がますます出てきた！　この調子でどんどん上げていこう！

「おい！　貴様ら、何をしている！」

「ゲッ！　騎士団長⁉」

極《きわ》めて正当な理由で騎士団の方々がやってきた！

天下の往来で踊りまくる集団なんていたら私でも通報する！　どうする？　踊る？

「マテリ、何をしているんだ？」

「クリード王子！」

「まぁちょうどよかった。君たちに相談したいことがあってね」

「この惨状をスルーしますか。さすがはクリード王子です」

いかなる時も冷静に対応できるからこその王子なのでしょう。

それよりクリード王子の相談は報酬の匂《にお》いがする。

「マテリ。実はアンデッド騒動《そうどう》の黒幕がわかったのだ。そいつの名はズガイア、魔道士協会本部評議会直属で六神徒の一人。人は彼をネクロマンサーと呼ぶ」

「ひょーぎかい？　ろくしんと？」

「魔道士協会の中枢《ちゅうすう》にいるのが評議会。これがすべての決定権を持つ。その実行部隊が六神徒で、判明している限りでは全世界の魔道士の中でもトップクラスの実力だ。評議会が国にノーと下せば、国の存在が否定される。それを可能とするだけの力がある、災厄《さいやく》のような者たちだよ」

「そ、それってつまり……」

「どうした、マテリ。震《ふる》えているのか？」

六神徒。単純に解釈《かいしゃく》すれば報酬が六個。ダメだ。マテリ、まだ震える時間じゃない。

「君でも六神徒を恐《おそ》れるか……。しかも悪いニュースが入った。ズガイアがとある町で捕《と》らわれたのだが逃《のが》したらしい」

「っしゃあぁ――――！」

「え？　つ、続けるぞ。更《さら》に奴は力を蓄《たくわ》えるために、グリンデア古城に立て籠《こ》もって国中のアンデッドを集めている。更に数を増やしたみたいで、中にはレベルが80を超えるアンデッドの存在も確認できたようだ」

「はちじゅうぅ――――！」

レベル80のアンデッドの討伐報酬！　なんだろなんだろ！

「僕たちも本腰《ほんごし》を入れて対処しなきゃいけない。これはエクセイシアの存亡をかけた決戦となるだろう。マテリ、君の力を借りたい」

「報酬は素敵なものですよね？」

「もちろん用意しておく」

「報酬は僕との結婚《けっこん》だとかぬかしやがりましたら地平の彼方《かなた》までぶっ飛ばしますよ？」

「だ、大丈夫だ」

なんでちょっと詰まったの？　とにかくこれで決戦だなんてちょっとだけ寂《さび》しい。

アンデッド関連の報酬が打ち止めかな？　悲しくて涙《なみだ》が出ちゃう。

「僕もいよいよ覚悟を決めるよ。場合によってはスキルを……」

できればズガイアとかいうのを生かしてこれからもミッションを期待したい。

いや、さすがにやらないよ？　いくら私でもそこまではやらないって。本当に。

＊　＊　＊

グリンデア古城。

大昔、この地にあった国のお城だとか色々言われているけど詳《くわ》しいことは不明らしい。

無駄《むだ》に大きくて、元々アンデッドなんかも徘徊《はいかい》していたけどズガイアのおかげで活性化した。

遠くから確認するだけでも、城の周辺はアンデッドで埋《う》め尽《つ》くされている。

とても騎士団だけで対処できる数じゃなくて、エクセイシア建国以来の大決戦になるとクリード王子は言っていた。

今はエクセイシア城の会議室であーだこーだ言ってる。私たちも強制参加なんだけどすでに眠い。報酬にもならないこんな話し合いをグダグダと二時間以上もやってるんだからそりゃ寝《ね》る。ミリータちゃんが。

だってずっと鍛冶のお仕事をしていたんだから、しょうがないよね。

あぁ私も眠い。落ちる、落ちる、落ち――。

「マテリの助力もあって今回の大規模レイドミッションは」

「ミッション!?」

「マテリ、どうした！」

「いえ……」

一瞬だけ目が覚めた。ミッションなんて聞かされてるんだから当たり前だ。

膝《ひざ》を叩いたらカクンってなるのと同じで、抗《あらが》えるわけがない。

「ファフニル国のブライアス隊と勇勝隊、それになんと魔王の協力を得られるらしい」

「それは素晴《すば》らしいことですが、魔王とな……」

「言いたいことはわかる。しかし今回の件はすべて我々王族が責任を持つ。よってこれに関する異論は認めない。では次……。少し気が早いが、各自の報酬は」

「報酬ッッ！」

またガバッと起きてしまった。王族たちや大臣たち、騎士団長にすごい見られている。

なんだ。私への報酬の話じゃないか。おやすみ。

「冒険者の方々には別途《べっと》、冒険者ギルドを通じて……まぁそんな感じでいこうと思う」

私のせいで変な空気になった。クリード王子、そこ濁《にご》さないでね。一番大切だからね。

「……どうも緊張感《きんちょう》がない」

「まったく……」

「若い者にはわからないのでしょう。頭髪《とうはつ》の悩《なや》みも含めてな」

すみません。だから私たちが参加する必要ないって言ったんです。

あと最後のセリフは騎士団長ですよね？　こういった場で私怨《しえん》を持ち込むのは感心しませんね。

「それで、イグナフ領主の手筈《てはず》はすでに整っているとのことだ。周辺の町や村には警備隊を配備して、討伐隊の編成も終えている。我ら本隊も明日、王都を発《た》つ」

「大混戦を予想して波状攻撃を仕《し》掛《か》けるとのことでしたな。残る議題は古城内の戦力が未知数とのことでしたか」

「そうだ。あのズガイアはもちろん、隠《かく》し玉のように強力なアンデッドを従えている可能性がある。レベル１００超えもあるだろう」

「そ、それは聞いてませんぞ！　１００超えなど、我ら人間の領域に現れてはいけない未知の怪《かい》物《ぶつ》……」

その１００超えの未知の怪物はテーブルに突っ伏《ぷ》して涎を垂らして寝てます。

フィムちゃん、ここは寝る場所じゃありませんよ？

「そこで、だ」

場が静まった気がした。このうとうとしている時が最高に気持ちいい。

「僕もスキルを解放しようと思う」

「お、王子！　それはつまり……」

「僕が前線に立つ。皆は後ろをついてきてほしい」

「なりませんぞ！　あなたは国を担《にな》うお方！　陛下も了承しておられるのですか！」

「これは僕の意思だ。今回の大規模レイドミッションは」

「ミッション！」

また起きてしまった。そろそろごめんなさい。ベッドに行って寝ますね。

「マテリ。君は僕についてきてほしい」

「は？　ぶっ飛ばします？」

「ち、違う！　今回の戦いは僕たちと行動を共にしてほしいと言ってるんだ！」

「なんだ。最初からそう言ってくださいよ」

「主力は僕たちだ。戦いの場は混戦状態になるだろう。だから僕たちがグリンデア古城に突入《とつにゅう》して、ズガイアを叩く」

これはどうしよう？　クリード王子と一緒に戦うのはいいんだけど、そうなるとミッションが発生したら身動きが取れなくなる可能性がある。

だったら、いや。あぁそうだ。私にはあの子がいる。

「いいですよ。ただしズガイアは私が倒します」

「よかった！　ありがとう！　あのズガイアさえ叩けば、アンデッドも停止するはずだ」

そんな感じで夜はお城で運動会みたいなことになってるグリンデア古城を私たちが攻略するらし

い。臭《にお》いとかすごそう。アンデッド対策はまずそこだと思う。

＊　＊　＊

「マテリ、少しいいか？」

「ダメです」

王宮に泊《と》めてもらったのはいいけど、クリード王子が扉をノックしてくる。

アンデッド討伐報酬が気になって目が冴《さ》えていたからちょうどいいか。

クリード王子と一緒に王宮のテラスに出た。あの夜空の星がすべて報酬だったらいいのに。

「マテリ。すまない」

「はい？」

「僕は自分のことばかり考えていた。君の気持ちを考えず、愛ばかり押し付けていた」

「そうかもしれませんね」

何を言い出すかと思えば今更《いまさら》だ。悪い人じゃないのはわかるけど、私にそういうのはわからない。

それを差し引いてもこの人が気持ち悪いというのもあるけど。

「今回の件、どう礼をしていいのかわからないほど世話になった。隣国《りんごく》とのパイプ役にもなってくれて頭が上がらない」

「それはわかりました。それでどういったお話ですか？」

「お願いがある。僕を見てほしい」

「はい、さようなら」

「ち、違うんだ！　僕が戦うところ……ありのままの姿を見てほしいんだ！」

なんだ、そういうことか。報酬の話じゃなかったのは残念だけど、色々とお世話になったからね。断る理由がない。

「僕は自分のスキルが嫌いだ。スキル一つとっても恵《めぐ》まれているなどと陰口《かげぐち》を叩かれるのが嫌《いや》だった。だから僕はスキルを封印《ふういん》してきた。剣術、学問、礼儀作法《れいぎさほう》……一切《いっさい》手を抜かず、王として相応しい自分を目指したつもりだ」

「どんなスキルなんですか？」

「それは……僕の戦いで見せたいと思う。だからこそマテリ、君を見て決心がついた」

「と、言いますと？」

「君は媚《こ》びずなびかず、一切の遠慮《えんりょ》がない。自分を常に解放している。そんな君を見て、僕は自分のやってることがバカらしいと思った。だから……僕は君の真似《まね》をしたいと思う」

クリード王子が夜空を見上げている。まさか星が報酬に見えた？

「偽《いつわ》りのない僕を見てほしい。ただそれだけだ」

「……そうですか。いいですよ。クリード王子がいい人なのはわかりますからね」

「マテリ……」

「あ、そういうのは期待しないでください」

思った以上に真面目《まじめ》な人だ。なんでこんな人が私を好きになった。

どうしてこうなった。今も尚《なお》、私の中にあり続けるクリード王子への疑問だった。

＊　＊　＊

「クリード王子、あんなに数が必要なんですか？」

「斥候《せっこう》部隊によれば、おおよそ一万以上のアンデッドがいるらしい」

グリンデア古城から離れた最寄りの町を守るようにして、エクセイシア騎士団と冒険者たちの連合軍が展開していた。勇勝隊、ブライアス隊も加わっている時点で負ける要素がなさそう。そしてクリード王子と私たちは本隊の先頭にいる。

今のところミッションの気配がないんだけど、もし発生しなかったら？

そんな恐ろしいことは考えたくない。もしそうなったら。ど、どうしよう。

「マテリ、震えているのか？」

「あ、いえ。少し寒くて……」

頼《たの》むからミッション来てください。じゃなかったら、くだらないアンデッドなんて相手にしたくない。一生のお願いの一つです、何でもしますから。

「クリード騎士団長。そろそろお時間です」

「わかった」

予《あらかじ》め決めた時刻になれば本隊がグリンデア古城に攻《せ》める。そして戦いの火ぶたが切られた。

「開戦だ！」

「いくぞぉぉ――――――！」

大勢の声と進軍する足音で地鳴りが起きている。

こっちも数千単位で戦力がいるし、いい勝負になるかもしれない。

そうだとして、ミッションが出たとしたら？

それなら私たちがやらなきゃいけない。

私たちがやらないとミッションクリアにならない可能性があるから。

「そう、私たちが……やらなきゃ」

「マテリ。あまり気負うな。よし、始まったようだな……僕たちもそろそろ行くぞ」

気乗りしないまま、私たちも突撃した。

そういえばクリード王子を初めて魔道車に乗せた時のテンションが凄《すさ》まじかったなぁ。

一通り生活一式が揃っていて移動もできるなんて、王族だって持ってないからね。

ミリータちゃんもすっかり気を良くして、ドリンクなんか差し出してさ。

その後テクノロジーについて語っていたけど、私は興味ないから寝た。

＊　＊　＊

「な、なんという数だ！」

さすがのクリード王子も驚いている。

一万のアンデッドというのは大袈裟《おおげさ》でも何でもなかった。大小様々なアンデッドが地平を埋め尽くすくらいいいて、騎士団や冒険者と激突している。

クリード王子が先陣《せんじん》を切ってアンデッドたちに挑《いど》んだ。

「はぁぁッ！」

クリード王子が複数のアンデッドを一閃《いっせん》した。私、剣術とかよくわからないけどクリード王子は達人だと思う。フィムちゃんから見てどうかな？

「……すっ、すごっ！」

フィムちゃんが、さすが師匠を差し置いて言葉を詰まらせるほどだ。

こうなってくるとレベルとステータスが気になるね。

それからクリード王子にまとめて斬られたアンデッドはよろめいて、動きが鈍《にぶ》くなっている。次々と斬られていくアンデッドも同じだ。

「ク、クリード王子……。スキルを解放したのですね」

「騎士団長、僕たちは心配ない」

「ハッ！　皆《みな》の者！　クリード王子たちのために道を作れ！」

ワッと群がるアンデッドをクリード王子はものともしない。

何せ斬られたアンデッドはほぼ無力化して何もできずに倒されていく。後続のサポートにもなっている。

「あれがクリード王子のスキル、レベルブレイクだ！」

「騎士団長、解説してる暇あります？」

「クリード王子に斬られた相手は例外なくレベルが1になる！　人間であればその過程で身につけた技も忘れてしまう！　うぉぉ！　押されるぅ！」

騎士団長、余裕ないなら無理しなくても。

つまりクリード王子に斬られてしまえば、どんな相手でも無力化する。これなら確かにスキルマニアの王様も恐れるわけだ。

もうあの人だけでいいみたいな状況だし、これはまずい。何がまずいかって私のミッションは？

ミッションが発生！

・スカルソルジャーを２０００匹討伐する。報酬：亡者の骨×２０００
・ブラッドマミー×１３００匹を討伐する。報酬：亡者の包帯×１３００
・アンデッドファイター×７００匹を討伐する。報酬：亡者の牙《きば》×７００
・アンデッドマジシャン×４００匹を討伐する。報酬：亡者の布×４００
・アンデッドヒーラー×２４０匹を討伐する。報酬：亡者の十字架×２４０
・アーマーデッド×３３０匹を討伐する。報酬：亡者の欠片×３３０
・スカルドラゴンを40匹討伐する。報酬：亡竜《ぼうりゅう》の角×40
・リビングクロウラーを20匹討伐する。報酬：血の糸×20
・クルスゾンビを討伐する。報酬：血塗《ちぬ》られた魔法記録書
・バストゥールゾンビを討伐する。報酬：タルタロスの羽衣《はごろも》
・ズガイアを討伐する。報酬：冥王の紋章《もんしょう》

「大盤振《おおばんぶ》る舞《ま》いきったぁぁぁ――――！」

「よし、それでこそマテリだべ」

「さすが師匠……！」

こういうのでいいんだよ。こういうので。ここでようやくアレの出番がきたわけだ。

ランプのスイッチをポチっとね。

「主《あるじ》、何なりとご命令を……」

「今から指定するアンデッドをかたっぱしから討伐してね。あそこで戦ってる人間には手を出さないでね」

アレリアことワンコを呼び出した。

このお行儀よく座《すわ》っているワンコに私のミッションを達成してもらうことにする。実はこれが有効なのはもちろん実験済みだ。ぶっつけ本番でやって報酬が貰《もら》えなかったら一生立ち直れない。

フィムちゃんやミリータちゃんでも討伐すれば有効なんだから当然だよね。

「了解した。では……」

「いってらっしゃい」

こうして戦場に一匹のワンコが放たれたとさ。

＊　＊　＊

颯爽と駆《か》けるワンコが光滅《パージ》とかいう訳がわからない攻撃でアンデッドを消滅させている。加速度的にミッションクリアまで導いてくれるありがたいワンコです。

後で骨とか与えたら喜ぶかな？

「な、なんだこの魔物は！」

「敵なのか⁉」

「いや、よく見ろ！　アンデッドだけを狙《ねら》っているぞ！」

スカルドラゴンらしきアンデッドがバリバリとワンコに噛まれている。同時に大きな足で他のアンデッドを蹴散《けち》らして無双《むそう》状態だ。

とはいえ、あれだけの数だから達成には少し時間がかかるはず。

「クリード王子。行きましょう」

「マ、マテリ。戦場が混乱する……できればこういうのは事前に話してほしかった」

「それはごめんなさい」

「……いや、助けてもらっておいて僕のほうが失礼だったか。すまない、行こう」

クリード王子が先頭に立って走り出す。

アンデッドの群れがレベルブレイクで無力化されて、あっという間に古城の入り口が見えてきた。

門の前にいたスカルドラゴンが口を開けてブレスを吐《は》き出す。

「ファイファボォッ！」

「オォォ……！」

あんなもんより中にいるであろう報酬だ。門をファイアーボールでぶっ壊《こわ》して突入した。

「これがマテリ、君の強さか……やはり」

「そうですよ行きましょう」

またろくでもないことを言いかけたから遮《さえぎ》った。

よし、いよいよここから報酬へ一直線だ。

＊　＊　＊

「どうした。バストゥール……。コーヒーの淹《い》れ方も忘れたのか？」

ズガイアがアンデッド化した魔道士にコーヒーを淹れさせている。このような悪趣味《あくしゅみ》な嗜《たし》みはズガイアにしかできない。

歴史あるこの古城で、ズガイアは至福のひと時を過ごしていた。彼はここを気に入って、すべてが片付いたら別荘地《べつそうち》にしようと考えた。

「この腐臭が入り混じったコーヒーの香《かお》り……最高にリラックスできる」

「オォ、オッ、ウォォ……」

「バストゥール、菓子《かし》を用意しろ」

「オッオッ……」

かつては支部長にまで上り詰めた男をズガイアは惨めに思っている。しかし同時に生物の最期《さいご》としては光栄なことだというのがズガイアの自論だ。

数多《あまた》の生命は惨めな最期を遂《と》げる。死者として弔《とむら》われずに腐敗《ふはい》して自然に還《かえ》り、或《ある》いはケダモノに食い散らかされる。

そんな末路を辿《たど》るくらいならば、偉大《いだい》なる六神徒である自分に仕えること以上の名誉《めいよ》などない。

ズガイアはアンデッド化した魔道士たちを眺《なが》めている。

元魔法生体研究所主任のクルスもアンデッド化しており、その知識が役立つことはない。今はズガイアの肩《かた》を揉《も》んでいた。

「何やらこの古城に攻めてきた烏合《うごう》の衆がいるが、あの数ではどうにもならん」

「オォオッ、オッ」

「バストゥール。お前もそう思うか」

「オッオッ」

ズガイアはバストゥールに結界魔法を張らせている。つまり敵がここに辿りつくのは至難の業《わざ》だと、余裕の態度だ。

生も死も自分の思うがまま、何人《なんぴと》たりとも抗《あらが》うことなどできない。これが強者の特権だとズガイアは笑う。

「誰もここには」

「ファイファファッファァ――――――!」

「ううおっ⁉」

天井《てんじょう》がぶち抜かれてズガイアは咄嗟《とっさ》に構えてしまった。

老朽化《ろうきゅうか》による破損だと疑ったが、バストゥールがいなくなっている。

「タルタロスの羽衣と血塗られた魔法記録書ゲットォ――――!」

「マテリ、あまり先走った行動は……」

天井の穴から下りてきたマテリと、ズガイアの正面から歩いてきたクリードだった。

二人とも落ち着いており、バストゥールやクルスがズガイアの前から姿を消している。すでにマテリによって始末されたのだが、あまりの速さにズガイアはその事実を認識できずにいた。

「お前が髑髏魔道士ズガイアか」

「これはこれはクリード王子、こんなところまでご足労いただけ」

「ファイアボォ――――！」

「グゥアアァ――――！」

ズガイアに火の球が直撃した。魔法障壁《しょうへき》をもってしても、その威力《いりょく》は六神徒にダメージを与える。

ズガイアは面食らってよろめいたままだ。

「マテリ。彼と少し話がしたい」

「えー？」

「魔道士協会の真意がわかるかもしれないからね」

「そんな何の報酬にもならないことが知りたいんですか？」

ズガイアはこれ幸いとばかりにニヤリと笑う。

髑髏魔道士ズガイアである自分を凡骨《ぼんこつ》魔道士と同じと考えたマテリとクリードに感謝した。

ズガイアの体はすでにアンデッドと同等だ。それも生半可なものではなく、文字通りの不死。つまり不死身だ。どれだけ体が損傷しても、ズガイアを死の淵《ふち》に落とすことはできない。

更にズガイアは切り札を隠し持っていた。いざとなれば、魔術師の到達点であるそれを解放すれば王子もろとも始末できると確信していた。

「ズガイア。なぜ我が国を襲《おそ》った？」

「この国は知ってはいけないことを知ってしまった。故《ゆえ》に滅んでもらうまでよ」

「魔法生体研究所のことか？」

「よくわかっているではないか」

ズガイアに対して再びクリードが問いかけようとした時だ。

「ちぇやぁぁぁッ！」

「ぐあぁッ！」

ズガイアがマテリの杖で殴り飛ばされた。クリードに止められていたのではないか、頭がおかしいのではないか。ズガイアはマテリを理解できなかった。

「マ、マテリ。まだ止《とど》めを刺《さ》すな！」

「えー？　だって話が長くないですか？」

不死身の体でなければ死んでいた。ズガイアはマテリこそがバストゥールが言っていた少女だと理解した。しかし不死身の体である以上、マテリとて滅ぼせないとたかをくくっている。

「それでその魔法生体研究所を使って、魔道士協会は何をしようとしている？」

「知りたいか？　それは」

「とりゃあぁぁッ！」

「がはっ！」

ズガイアはまたしてもマテリに杖で殴り飛ばされた。もう彼には何も理解できない。話が通じない獣《けもの》と同等とすら思っていた。

「マテリ！　落ち着け！」

「なんかこう、手が震えて……そろそろ我慢《がまん》の限界です」

「わかった！　すぐに終わらせるから！」

一国の王子であるクリードのマテリに対する態度にもズガイアは違和感を覚えている。

更にマテリから受けた攻撃の威力、ステータスが四桁《けた》に到達しているとズガイアは予想した。痛みを感じない体だからこそ耐《た》えられた、と。

ズガイアは切り札を切るべきだと、クリードとの会話を打ち切ることにした。

「喋《しゃべ》り過ぎたな……。ではクリード王子、一つ聞こう。魔道真解を知っているか？」

「……一部の魔道士が使える究極の到達点、か？　聞いたことはある」

「そう、魔道士の頂点に到達した者がぐぶはぁッ！」

「マ、マテリ……」

マテリに殴り飛ばされたズガイアはもう何も考えなかった。

＊　＊　＊

ミッション達成！　タルタロスの羽衣と血塗られた魔法記録書を手に入れた！
タルタロスの羽衣
効果：防御《ぼうぎょ》＋１５０　魔防＋５００　闇《やみ》属性のダメージを吸収して攻撃ダメージに変換《へんかん》する。

血塗られた魔法記録書
効果：読むと血塗られた魔法の歴史を知り、魔法の威力が大幅《おおはば》に上がる。

「読もう読もう」

「マテリ！　後にしてくれないか！」

「は？　本気で言ってます？」

「いや、あの……。後にしてほしい。お願いだ」

クリード王子がどうしてもと言うから読書は後にしよう。で、私のミッションライフを止めるほどのことがあるのかな？　そうか。まだなんかいたんだ。このズガイアだっけ。さっきから攻撃しまくってるのに全然倒れないいんだけど。

「この私も舐められたものだな。そこのマテリとかいう小娘、おそらくはかなり有用なスキルをぐあぁぁっ！」

「うーん、全力なんだけどなぁ」

「だから……舐めるなと言っている！　ダークキネシス！」

「お？」

体が勝手に動いて、頭が変な方向に曲がろうとしている。うーん。新感覚、マッサージにいいかも？

「ミリータちゃん。フィムちゃん。どう？」

「あー、肩が凝《こ》ってたからちょうどいいべ」

「ギプスをつけている感覚ですね！　でもちょっと力が弱いかな？」

確かに。フィムちゃんが言う通り、これじゃ刺激《しげき》が弱い。

「ズガイアさん。もう少し強めにお願いできる？」

「ぬぉぉ……バカな……。あのレベル50を超えるサイクロプスですら身動きが取れぬダークキネシスが……！　やはりクリードのスキルが」

「ほら、がんばって！」

「おのれぇ――――！　魔力……最大出力！」

お、いいね。程《ほど》よい刺激になるし、体中がほぐされていく。これ魔法だよね？

私はアイテム頼《だよ》りだし、フィムちゃんは魔法剣使い。

ミリータちゃんは魔法を使えないから、一人くらい純粋《じゅんすい》な魔法使いがほしいかもしれない。なんて気持ちよくなっていたら、クリード王子がズガイアに剣を突きつける。

「ズガイア。降参しろ。ここにいるマテリたちはお前が勝てる相手じゃない。それに古城の外のアンデッドも」

ミッションクリア！　以下のアイテムを手に入れた！
亡者の骨×２０００、亡者の包帯×１３００
亡者の牙×７００、亡者の布×４００、亡者の十字架×２４０
亡者の欠片×３３０、亡竜の角×40、血の糸×20

「ワンコありがとぉぉ――――――――！」

手元にたくさんの報酬たちが現れた。ワンコがちょうど、ミッションクリアしてくれたみたい。もうね、この瞬間のために生きてると言っていい。

なんかもう後はどうでもいいかな。例えばこの亡者の骨とかさ、頬ずりしたくなるよ。

すりすりすーりすりすりすりすーり。

「いいよぉ……しゅきぃ……」

「おい、貴様……」

「あはぁっ……」

「貴様ァアアァー！」

なに、うるさいな――。

「ダークキネシスッ！」

「あ、ほ、報酬が！」

ズガイアの魔法のせいで、せっかくのたくさんの報酬が散らばってしまった。

あの、ねぇ？

「下らん。そんなものであれだけのアイテムがばらまかれたのか……。マテリ、お前は魔道士協会によって完全にマークされるだろう。危険度はＳＳＳ《トリプルエス》だ」

「あーあ……」

私たちで急いで広い集めようとしたら、また散らかってしまった。ねぇ？

「そしてお前は知ることになる。なぜ魔道士協会がこの世界に根を下ろしているのか……。それが大樹となり、世界と密接な関係にあるのか。その一端《いったん》がこの私だ……見るがいい」

報酬ちゃん、報酬ちゃん。かわいそうに。私が今、拾い集めてあげるからね。

ポーチに丁寧《ていねい》に収納してあげるからね。

「マテリ！　ズガイアは魔道真解をする気だ！」

ズガイア、ね。うん、わかった。ズガイアね。

「刮目《かつもく》せよ！　これが選ばれし魔道士の到達点……魔道真解ッ！　ノーライフキングッ！」

ズガイアから黒いオーラみたいなのが放たれて、それが城の外にまで漏《も》れ出た。

風圧を受けた後、室内が一気に破壊される。足場が崩《くず》れて、私たちは咄嗟に安全地帯にまで走った。

「ついに解放したか……。僕も実物は初めて見る。マテリ、あれが魔道士の最終到達地点だ。その姿は自らの魔法の極致《きょくち》とも言われていて、人知を超えた力を持つ」

そこにいたのは古城の室内よりも大きくなったズガイアだ。

大きな王冠《おうかん》をかぶったドクロの王様。ダークリッチとでも呼べばいいのかな？

どうでもいいや。

「矮小なる者たちよ！　今、ここに死の世界……冥界《めいかい》の王が顕現《けんげん》したと知れ！　我は死の王……ノーライフキングなり！」

「なんだあれは！」

「で、でけぇ！」

古城が壊れたせいで、外にいる冒険者や騎士たちがダークリッチを見上げている。

どうでもいい。

「死を……我を畏怖せよ！　今より、貴様らの命は我が手中にある！　死を司《つかさど》るノーライぶぁぁわっふぁぁぁッ！」

「うるさい」

報酬たちを散らかしたドクロにファイアボォをぶち込んでやった。

「何がノーライフさ。私のミッションライフを邪魔《じゃま》しやがって……本当に……ほんっとうに。本当に本当に本当に本当に本当に本当に……ッ！」

「マ、マテリが……キレた。ズガイア！　悪いことは言わねぇ！　とっとと謝《あやま》るべ！」

謝って許すとでも？

許すわけないじゃん。許さないよ？

許さない。許さない。許さない。

許さない。

＊　＊　＊

「ファイボファファファファファファファアボボボブァファファファ――――！」

「ぐぼぉあぁぁ――――！」

ドクロキングみたいなのにしこたま火の玉を撃ち込《う》む。

撃ち込んで撃ち込んで撃ち込んで。続いてミリータちゃんとフィムちゃんだ。

「うりゃあぁ――――――！」

「炎熱剣《えんねつけん》！　ソード・インフェルノッ！」

更にミリータちゃんのハンマー滅多打ちとフィムちゃんの炎《ほのお》の斬撃《ざんげき》が叩き込まれる。

息継《いきつ》ぎなんかいらないもっともっともっと！

「ブヘハハハハァ！　私は不死身だと言ったは」

「ファファファファファファファファファファファアアアアイファファイファ――――イ！」

「うぶぶぶぶ……！」

「ファファファファファファファァァアアアアアァ――――――！」

「ぐごげげげげっ！」

ファイファイファファファイ！

ファファイファイファイ！

ファファイファファイファイ！

打って打って撃ち抜いてぇ！

「バ、バカな！　体の再生が……なぜ、なぜ再生できない！　オーバーデス……！」

冥王の杖のおかげだ。下らない再生で延命処置なんてさせない。

なんか体内がズキュンとしたような？　またなんか攻撃した？　どうでもいいかぁ！

「貴様らには一分以内に呪《のろ》いによる死が」

「ファファァイファァイファファァファファファファァアアアアアアイファァファファファファァ！」

「おとずれっ……」

「炎熱剣インフェフェフェフェルノノノォ――――――！」

「いぎゃあぁ――――！」

許さない本当に許さないお前だけは許さない！　どうあっても本当に！

「ダークエクスタシィ！」

辺りが黒一色になって何かの攻撃が始まろうとした。だからどうでもいいってぇ！

「ファファファファファァ――――！」

「ご、ごいづ、ら、なぜ」

「ファイファファイファイッ！　ファッ！　ファッ！　ファイファイッ！」

「効いて、な……」

粛清《しゆくせい》粛清粛清粛清粛清粛清粛清！

ぶちぶちぶちぶちぶっちのめぇ――す！

「ファイファイファイファファファファファファファファファファファファファアファイファイファァ――――！」

「うりゃあぁ――――！」

「ウォ――タタタタタァ――――！」

ドクロが消し飛んで削り取られて斬られて！

なんか再生とかいってるけど冥王の杖のおかげで意味ねぇ――――！

報酬の恨《うら》みがここにあるんだ、このアンデッド成りきりがぁ――！

「む、無駄、だ、私は、不死」

「ファボアァファボアァファファァファファァファボアァ――――――！」

「あがががががっ！」

報酬報酬報酬報酬報酬報酬報酬！

ミッションミッションミッションミッションミッション！

クリクリクリアクリアクリアまで！

「私はぁぁぁ――――――！」

「無駄だと何度言えば」

「ファイアボオオアァァァァ！　するのをぉ！」

「ぎえぇぇぇあぁ！」

「やめない！　ファイファファファファファファファファファファファアアァイファファファアアァイ！」

すぐそこに報酬があるんだあるあるあるあるある！

見えてる見えてるそこにある！　私は私は私は！

「マ、マテリ……」

「クリード王子……。い、いかがいたしましょう？」

「騎士団長、来たのか」

「えぇ、あの怪物のおかげでこちらは片付きましたよ」

「そ、そうなのか。ではここもマテリに任せよう」

「良いのですか？」

「今、手を出したら巻き添《ぞ》えになる」

ファイファイファファイファイファイファイファイファファファファファファファ！

＊　＊　＊

「も、う……か、ん、べん、じてぇ……」

夕暮れ時、ドクロキングが泣いていた。あれから半日以上、攻撃し続けただけなんだけどな。不死身と豪語《ごうご》して泣いている。

今も小刻みに火の玉を撃ち込んでドクロキングの体が破壊されて、もうほとんど原形が残っていない。意外としぶとかったな。

「報酬っ♪　ほーしゅうっ♪　ほほほーしゅうっ♪」

「な、ぜ、さい、せいが、でき、ん……」

「ふぁいあぼっ♪」

「あぎゃッ……！」

ドクロキングが消えようとしている。おやおや？

「は？　もしかして死のうとしてる？」

「も、う、嫌、です……ゆる、じ、て……」

「許さないよ？」

「え……」

「報酬を粗末《そまつ》に扱ったくせになんで死のうとしてるの？　不死身なんだよね？」

みるみるとドクロキングの体が浄化《じょうか》されつつある。いい感じに退場しようとしてるよ。

もう数千発くらい撃ち込んでやらないと。と思ったら、クリード王子が片手で制してきた。

「アンデッドなどの死後の存在はこの世に縛《しば》られなくなれば冥界へ行く。つまり彼は負けを認めたんだ」

「へぇ、そんな都合がいいこと許されるんですか？」

「いくら魔道の極致に至ろうとも、扱うのは人間だ。心さえ折れてしまえばこうなる」

「いや、あとだいぶ撃ち込みたいんですけど」

ドクロキングがついに頭だけになった。つまり死んだほうがマシってこと？

「ユ、ル、シ、テ……」

ついに完全に消えてなくなった。許すわけないけどね。

ミッション達成！　冥王の紋章を手に入れた！
効果：迷える魂《たましい》と対話が可能になる。あるべき場所へ導く資格が得られる。

「よぉぉ――――しよしよしよしよしっ！」

「終わったか。えらいくたびれたなぁ」

「さすがっ……師匠ッ！」

なんで溜《た》めたの？　こんなチートアイテムが手に入るなら、ドクロキングも許してあげよう。

謝っている相手を執拗《しつよう》に追いつめて痛めつけるなんて、まともな人間のすることじゃない。きちんと謝罪した相手はしっかりと許す。それが人の器《うつわ》ってもんでしょ。違う？

＊　＊　＊

「おぉ……あのドクロの魔物が……」

「消えていく……」

騎士たちや冒険者たちが消えゆくドクロキングを見上げていた。

私たちはミッションが終わったので何食わぬ顔で討伐隊のもとへ歩く。そしてクリード王子が剣を掲げた。

「戦いは終わった！　僕たちの勝利だッ！」

「オオォォ――――！」

「やったぁ――――！」

クリード王子の勝利宣言後の歓声《かんせい》がすごい。

大はしゃぎして勝利を喜ぶ人や抱《だ》き合う人たち、座り込んで涙ぐむ人。

うんうん。それはよくわかるよ。私も報酬を手に入れた時の喜びは何物にも代えがたい。存分に喜んで叫んで踊りなさい。

「騎士団長、死傷者の把握《はあく》を急いでくれ」

「ハッ！」

騎士団長が各部隊と連携《れんけい》して仕事をしている中、私はようやく血塗られた魔法記録書を読み始め

た。

ふんふん。内容はさっぱりわからない。わから、ない？

「あれ？　なんかすごいスッと入ってくる……」

「さすが師匠！」

「なになに？　魔道真解とは本来、人が持たざる力である。人外の力を人が借りたに過ぎず、それは魔法と呼ぶものの本質でもある」

「さすが師匠！」

なんか壊れたラジオみたいな子がいるなぁ。これが私にとって有益な情報なのかな？

こんなことなら宝の在り処《ありか》でも書いたほうが誰にとっても有益だと思うんだけど。

と思ったら、体中に力がみなぎってくる感覚を覚えた。

「あ、なんか魔法系の威力がすっごい上がった気がする。しかもこれ、回し読みできるっぽい」

「さすが師匠！」

「フィムちゃん。読んでみて」

「さすが師……え？　私がですか？」

BOTか。フィムちゃんが読み始めて、ふむふむとすごく納得している。段々と涙を流し始めた。

「ま、魔法って……そういうことだったんですね……。本来、人が持たざる力だなんて……」

「そこに泣く要素ある？」

「師匠。これ、大切に保管しましょう。おそらくあの魔道士協会が欲しがります。この事実をあの人たちが知ってるのかはわかりませんが……」

「だろうね」

魔道士協会か。改めて考えると、とんでもない人たちだ。神に選ばれし者とか思い上がって、ここまでの騒動を起こせるんだからさ。きっとそれは何かしらの欲望が絡《から》んでいるに違いない。人は弱い。簡単に欲望に支配されるからこそ、己《おのれ》を律しなければいけないんだ。己の欲を優先して誰かを傷つけるなんて、あってはならない。私は常にそう考えている。

「マテリ。君たちには礼を言いつくせない。後日、君たちに報酬を渡そうと思う」

「っしゃあぁあ――――――！」

これよ、これ！　人は報酬には抗えない！

とかはしゃいでいたら、ミリータちゃんがつんつんしてくる。

「マ、マテリ。あれを見ろ」

「ん？」

討伐隊一同が私たちを見つめている。なんでしょうか？　報酬の分け前なら絶対にあげないよ？

しかも死傷者の確認を終えた騎士団長がクリード王子に報告している。そして私のところへ来て頭を下げた。

「驚くな。なんと死傷者はゼロだった。今回の戦いは君たちのおかげで勝てたようなものだ。彼らの装備は君たちが用意したのだろう？」

「そうですね」

「対アンデッド用の装備がなければ、我が国は壊滅の危機に陥っていただろう。すべては魔道士協会に迎合《げいごう》していた我々の責任だ。討伐隊を代表して礼を言う」

「あ、改まってどうしちゃったんですか？」

騎士団長が私にここまで言うなんて。そりゃそうか。いくら頭髪の恨みがあると言っても、この人は騎士団長。これだけ世話になったんだから、感謝の気持ちくらい示すよね。

本当は報酬の一つでも欲しいけど、さすがにここで要求するほど無粋《ぶすい》じゃない。

それから騎士団長の後ろで冒険者たちが拍手をし始めた。

「ありがとう！」

「これで冒険者生活を続けられる！」

「俺も今回の戦いで自信がついたよ！」

おぉ、なんだかこんなにたくさんの人たちからお礼を言われるのは新感覚。

ファフニル国では聖女とか崇《あが》められていたけど、こっちはダイレクトに感謝してるのが伝わる。

やだ、私がこんなので泣きそうになるなんて。

「今にして思えば、君たちはこうなることがわかっていたのかもしれないな！」

「ククク ッ！　だから言っただろぉ？　マテリってやつはなぁ……」

「女神なのさぁ！　ヒャ――ハッハッハッハァ！」

一部、人格に支障をきたした方々も健在のようです。

いつしか歓声は私に向けられていた。悪い気はしない。

ふと隣《となり》を見るとクリード王子が並んで立っている。

「皆！　今日のことを決して忘れないでほしい！　この勝利を……未来を紡《つむ》いだのは君たち、そしてマテリたちだ！」

「オオォォ――――――――!」

よかった。大勢の前で僕の嫁《よめ》とかほざいたら殴り殺すところだった。

こうしてみると、まぁ王子って感じはする。何にせよ、これでミッションは終わった。

いや、終わっちゃダメだからね？　忘れてないよ？

グランドミッションは？　ねぇ？　やばい。急に気になり始めた。

「マテリ。今回の勝利を国中に広めたい。同時に魔道士協会がやったことを周知させるんだ」

「あ、はい」

「これによって魔道士協会の悪事はエクセイシアのみならず、大陸中に広まるかもしれない。そうなった時、彼らが何をするかは予想できないだろう」

「うん」

なんか話が頭に入ってこない。そんなものよりグランドミッションは？

ダメだ。また手が震えてきた。

＊　＊　＊

「マテリ。起きるべ」

ミリータちゃんが私を揺《ゆ》り起こす。私を起こしていいのはミリータちゃんとフィムちゃんとミッションだけだ。

さすがに昼過ぎまで寝ているのはやり過ぎた。ドクロキング討伐から一か月、私はそれなりにのらりくらりと活動していた。

クリード王子からは相変わらず手厚い歓迎《かんげい》を受けているから、連日のように王宮で寝泊《ねと》まりさせてもらっている。

その間、ミリータちゃんに私の杖をはじめとした武器や防具を強化してもらった。

さすがにあれもこれも装備できないから、いい感じに一つにまとめたみたいだ。

「ほれ。冥王の杖と焔宿《ほむらやど》りの杖を合成して、冥炎《めいえん》の杖だ」

「とてつもない武器がきちゃった」

「もうあらかた武器や防具の強化や整理は終わった。次はどこを目指す？」

「そーだね……」

その時、扉を誰かがノックしてくる。クリード王子かな？

「マテリ殿《どの》！　騎士団長として、騎士たちの模擬戦の相手をしていただけないだろうか！」

「は？　嫌ですよ」

「あれから騎士たちが活気づいており、ぜひあなたの実力を肌《はだ》で感じたいと皆が所望《しょもう》している！　どうか、ぜひ！」

「そんな何の報酬にもならない依頼なんて受けるわけが」


ミッションが発生！
・騎士団の訓練に付き合う。報酬：魔法のパーツ

「わかりました。国防を担うあなたたちに協力を惜《お》しむ理由がありません」

「おぉ！　さすがマテリ殿！」

私たちにできること。それは平和への貢献だ。またドクロキングみたいな脅威が迫った時、国を守るのは騎士たちしかいない。国の礎《いしずえ》となろう。私たち。

＊　＊　＊

「ちぇいやぁっ！」

「ぐぼぁっ！」

最後の一人に杖を叩き込んで終了。全員が倒れて起き上がれず、誰一人として言葉を発さなかった。

壁《かべ》を背にしてうなだれたまま顔を上げなかったり、うずくまって呻《うめ》いている。よほど訓練に打ち込んだ証拠《しょうこ》だね。だけど一人、すごいやる気を見せている子がいた。

「ま、まいった……」

「立ちましょう！　実戦では誰も手加減してくれませんよッ！」

「もうマジ無理……」

「さぁ！」

フィムちゃんが倒れている騎士の一人を強引《ごういん》に起こそうとしている。

それ以上はたぶん死ぬからやめてあげて。

私なんか適当に杖を叩き込んで終わったのに、あの子だけガチでやっていた。

と思ったらもう一人、ガチなのがいる。

「う、腕が、上がらない……」

「情けねぇ声を出すんでねぇッ！」

「ひぃっ！」

泣き言を言おうものなら、ミリータちゃんが槌で訓練場の床をぶっ叩いて脅している。

騎士団の人たちは過酷《かこく》な訓練にも耐えてきたはずだけど、そんな人たちがギブアップしていた。

騎士団長なんか、少ない髪がざんばら髪状態になって身動き一つできない。

私のほうが怖くて泣きそう。

ミッション達成！　魔法のパーツを手に入れた！
効果：魔法のコテージに使うと強化される。

「よし、もうここに用はない」

「マテリ」

クリード王子が爽《さわ》やかに登場した。この光景に何一つ突っ込まないのがこの人のメンタルだ。

「少しいいか？」

「あ、ちょっと待ってください。魔法のパーツを使いたいんで」

魔法のコテージが強化されて魔道車の装備が増えた！

装甲《そうこう》が上がった！

レーザー砲《ほう》が追加された！

ドリルが追加された！

キャタピラモードに変形できるようになった！


斜《なな》め上の強化がきちゃった。まさか戦闘用《せんとうよう》にカスタマイズされるとは。

そのうち、機械の賞金首とか出てこないよね？

これにはクリード王子もさすがに突っ込む。

「……すごいな。どこまで進化するんだ」

「ええ本当に。それでお話とは？」

「あぁ、一連の騒動で魔道士協会の悪事が一気に広まってな。国内だけにとどまらず、国外にまで波及《はきゅう》しつつある」

「へぇ、自業《じごう》自得感がすごいですね」

「そこでなんだが……。君にも影響があるかと思ってね」

クリード王子が言うには、今回の騒動で魔道士協会が私たちを完全にマークしたかもしれないということ。

六神徒の一人が倒されたなんて前代《ぜんだい》未聞《みもん》の事態がすでにやばいらしい。まぁたった一人で国内をここまで混乱させるほどの奴だからね。

私が持っている報酬たちもあるし、危険因子として狙われる理由は十分だ。

「だからマテリ、僕たちは全力で君を保護したい」

「私たちは絶滅危惧種《きぐしゅ》じゃないんですよ。お気持ちは嬉しいですけど他の国にも行く予定です」

「他の国だって？」

「はい。ドンチャッカ国、ミリータちゃんの故郷です」

「ドンチャッカ……。ドワーフの王、バトルキングが治める国か。鉱山資源が豊富で、地中にまで生活域が及《およ》んでいる珍《めずら》しい国だと聞く」

バトルキングって。それより、そんな話を聞いてワクワクしないわけがない。

魔道士協会？　来るなら報酬だ。すべて報酬になってもらう。

「私たちは旅立ちます。クリード王子、優《やさ》しいですね。気づかい嬉しいです」

「なっ！　そ、それってまさか」

「クソみたいな勘違《かんちが》いしてたら生まれ変わった杖で試し打ちしますよ」

「すまない」

勘違いしてたんだね。もうさすがに諦《あきら》めてほしい。

諦めたら試合終了とは言うけど、クリード王子なら次の試合があるよ。

「そうか……。なら僕に止める理由はないな。こちらは引き続き魔道士協会の動きを追っていく」

「ご苦労様です」

クリード王子も新たな目標を見つけたことだし、私たちもそろそろ行こう。

結局、グランドミッションを達成できなかったけど私はめげない。

だってそこにまたミッションがあるだろうから――。


グランドミッション達成！

魔道士協会の悪事を広く周知させた！

ショップを手に入れた！

効果：お金を支払えば、いつでもレアアイテムを買える。


「きっとぅわあぁぁ――――！」

「くぃたべかぁ――――！」

「さっすぐわぁすぅいしょ――――！」

ミリータちゃんとフィムちゃんまで喜んでくれて嬉しいよ。

すでに何が起こったのか察してくれているあたり、だいぶ報酬が好きなんだね。

きたべか、さすが師匠って言ってる。

「よし、さっそく買ってみよう！　お、攻撃の実が売ってる！」

攻撃の実　１００００ゴールド
焼肉のタレ　３００ゴールド

「たっかぁぁ――――！」

「でもこれで、金を稼ぐモチベーションが上がるべ」

「確かに……いいね。存分に稼ごう」

他にも色々なレアアイテムが並んでいるけど、どれも半端なく高い。

でもミリータちゃんの言う通り、これからはよりお金が重要になってくるわけだ。

よし、よしよしよし。

ここで焼肉のたれにはあえて突っ込まない。

さぁ行こう。新たなミッション発生の地へ！

名前：マテリ
性別：女
LV：83
攻撃：1489+7580
防御：1250+1616
魔攻：1185+1370
魔防：1100+820
速さ：1084+120

武器：冥炎の杖＋５（攻撃＋７００　冥炎の杖でダメージを与えた場合、回復や再生できない。炎属性の威力が１・５倍）
※冥王の杖と焔宿りの杖を合成
ユグドラシルの杖＋７（攻撃＋９４０　魔攻＋１２２０　魔法の威力が２・５倍になる）
エンチャント・魔族特攻・殺戮《さつりく》
※神域の聖枝使用により魔法威力２・５倍
※紅神石使用により炎属性のダメージが１・５倍
防具：ラダマイトのリトル胸当て＋７（防御＋６８０　魔防＋１４０　すべての属性耐性＋80％）
ヒラリボン＋６（防御＋80　速さ＋１１０）
スウェット＋６（防御＋６）
闇の衣＋６（防御＋３２０　魔防＋４８０　すべてのダメージを大きく減少する）
アンバックル＋４（防御＋１５０　絶対にノックバックしない）
プロテクトリング＋６（常にガードフォース状態になる。防御＋１８０）
剛神《ごうしん》の腕輪＋５（攻撃＋６６４０　１レベル×80）
神速のピアス＋３（攻撃回数が＋４される）
ヒールリング（使うとヒールの効果がある）　エンチャント・回復増
聖命のブローチ（呪いを完全に無効化する）　エンチャント・傲慢《ごうまん》（ステータスの合計値が１０００以上の時、攻撃を受けた時に確率で一定時間無敵になる）
聖女のロザリオ（味方全体が受けるダメージを少し軽減する）

不死鳥の髪飾《かみかざ》り＋７（防御＋２００　魔防＋２００　精神耐性＋１００％　常にダメージを回復する）
風読みのブーツ（空中ジャンプが一回可能になる）
大天使の輪（絶対に即死《そくし》しない。悪魔系の敵と戦った時、敵のステータスを大幅に下げる）
古代魔道士のタトゥー（魔法攻撃時、一定確率で一定範囲《はんい》の敵に追加のダメージを与える）
亡騎士の勲章（アンデッドを倒した時、一定確率で亡者の欠片を落とす）
冥王の紋章（迷える魂との対話が可能になる。あるべき場所へ導く資格が得られる）
フォーススター＋１（魔攻＋１５０）
スキル：『クリア報酬』
称号《しょうごう》：『捨てられた女子高生』
『スキル中毒』
『物欲の聖女』
『勇者の師匠』
『ダンジョンクラッシャー』

名前：ミリータ
性別：女
ＬＶ：80
攻撃：２２５１＋７８４０

防御：2040＋1590
魔攻：38
魔防：1075＋1050
速さ：1388＋150
武器：闘神の槌＋5（攻撃＋（640＋1レベル×90）速さ＋150）エンチャント・人間特攻
防具：ラダマイトのツナギ＋7（防御＋830　魔防＋170　すべての属性耐性＋90％）
大地のマフラー＋4（防御＋130　ダメージを受けると一定確率で敵全体に超《ちょう》重力をかける）
タルタロスの羽衣＋4（防御＋280　魔防＋600　闇属性のダメージを吸収して攻撃ダメージに変換する）
バーストバックラー＋5（防御＋250　魔防＋170）
聖命のブローチ（呪いを完全に無効化する）
光の髪飾り＋4（防御＋100　魔防＋110　精神耐性＋100％）
略奪王《りゃくだつおう》の指輪（与えたダメージ分、回復する）
スキル：『神の打ち手』
称号：『鍛冶師』
『アイテム中毒』

名前：フィム
性別：女
LV：140
攻撃：3401＋1845
防御：2966＋1050
魔攻：2280
魔防：2435＋330
速さ：2407
武器：氷炎の剣＋4（攻撃＋800　冷気と炎による追加ダメージを与える）　エンチャント・魔道士（自分の魔攻より相手の魔防が低いほど魔法攻撃時のダメージが上がる）
ダーククイーン＋4（攻撃＋960　炎属性ダメージが上がる）
※常闇の剣とクリムゾンクイーンを合成
防具：ラダマイトアーマー＋4（防御＋900　魔防＋140　すべての属性耐性＋70％）
水神のストール＋4（防御＋70　魔防＋190　ウォーターガンが使用可能。何度でも使える）
ミストローブ（敵の命中率が半減する。霧《きり》のように透《す》き通ってほぼ見えないローブ）
オーロラガントレット＋4（防御＋80　攻撃＋85　すべての属性攻撃が強化される）
勇者の証《あかし》（剣装備時、攻撃＋200　攻撃回数＋2）
サンダーグローブ（サンダーブリッツが使える）

妖精《ようせい》のイヤリング（属性攻撃ダメージ＋30％　エルフが装備時、更に属性攻撃ダメージ＋50％）
亡騎士の勲章（アンデッドを倒した時、一定確率で亡者の欠片を落とす）
スキル：『全剣技』
称号：『勇者』
『聖女の弟子《でし》』
『聖女の信者』

終

番外編　魔王軍への一歩

「協力と言われても、わらわとオウルークしかいないのだぞ」

グリンデア古城に集まったアンデッドを率いるズガイアに対抗《たいこう》するため、私はクリード王子に頼《たの》まれて魔王《まおう》ことマウちゃんに協力を求めた。

ところが魔王軍といっても現状、手下なんかいない。言っちゃ悪いけど魔王とは名ばかりの状態だ。ファフニル国との同盟成立以降、マウちゃんは特に何もしていない。城でのんびりと過ごしているだけだ。

「マウちゃんだけでもいいんだよ。オウルークことフクロウ伯爵《はくしゃく》は戦いが苦手みたいだから無理《むり》強いはしないけどね」

「しかしせっかくの参戦となれば、少しでも役に立ちたい。それにこの状況《じょうきょう》を良いとも思わぬ」

「と言うと？」

「この辺りは魔王領と呼ばれているが、わらわが統治しているわけではない。周辺には強力な魔物の勢力がいくつかある。人間たちが恐《おそ》れているのはわらわだけではないということだ」

マウちゃんの話によれば、魔王領には魔王を含《ふく》めて三つの大きな勢力がある。それぞれ戦力が拮《きっ》抗《こう》しているから今では膠着《こうちゃく》状態にあるみたい。

オーガヒーロー率いるオーガたち。人形《ひとがた》の魔物の中では知力と攻撃力《こうげき》がトップクラスで、武器を使うし要塞《ようさい》なんかも築いている。好戦的で魔王城にも何度か攻《せ》め込《こ》んできているとか。

西の廃墟《はいきょ》に住むデュラハンはアーマーデッドを率いている。常に一対一の戦いを好んでいるから、無茶な戦いは仕《し》掛《か》けてこない。

そして最後、北の山に住むグランドドラゴン。たった一匹《ぴき》で周辺の勢力に睨《にら》みを利《き》かせている魔王領の王者だ。戦力が拮抗しているといっても、グランドドラゴンだけは一度も戦いに参戦したことはないみたい。それだけに実力が未知数で、暴れだしたら誰《だれ》も止められないとマウちゃんは危惧《きぐ》する。

以上、フクロウ伯爵からの情報でした。

「マウ様の父親であるスタロトス様が現状を知れば、さぞかしお怒《いか》りでしょう。しかし私はマウ様に危ないことをしてほしくないのです」

「父親より父親をやってるよ、フクロウ伯爵」

「しかし、いつまでもこの状態が続くとは限りませぬ。現にオーガたちは何度かこの城に攻め入ってきています。迷路《めいろ》で迷い果てて諦《あきら》めて帰りましたが……」

「かわいそう」

魔王城の迷路は魔界の魔道具の力によるものらしい。マウちゃんの実力はわからないけど、万が一でも迷路を突破《とっぱ》されたら大変だ。これは確かに放置していい状況とはいえない。

だけどね。私がなんとかするかとなると、そんなモチベーションもないわけで。それにマウちゃんたちの力が必ず必要かとなるとね。シルキア様が快くブライアス隊と勇勝隊を派遣《はけん》してくれたから、戦力としては十分だと思う。だから申し訳ないけど、ここは——

ミッションが発生！
・魔王軍を強化して協力を得る。報酬《ほうしゅう》：神王の牙《きば》

「マウちゃん。このままじゃいけないよ。もしオーガたちがここまできたら、フクロウ伯爵を守れるの？」

「確かにその心配はある……。しかし、わらわとしてもどうしたらいいものかわからんのだ」

魔王領なんて呼ばれているこの地の平和のために私は考えた。頭が妙《みょう》に冴《さ》えている。

まず周辺に存在している強力な勢力だ。どうせ魔物なんて強いか弱いかの二元論でしか考えられないんだから、まずは認めさせればいい。執拗《しつよう》に攻め込んできているオーガがいい例だ。

つまりオーガたちを含めて、全勢力をマウちゃんの下につかせればいいんだ。とはいえ、私だけで判断するのは危ない。

ミリータちゃんやフィムちゃんと相談してみると——

「マテリ。あいつがいるべ。ほれ、ランプの犬。魔物同士、なんかわかることあるんでねえか？」

「あぁ、わんこね」

「さすが師匠《ししょう》！」

ミリータちゃんの案だからね、フィムちゃん。そこはさすがミリータさんでしょう。

というわけで魔法のランプからわんこことアレリアに出てきてもらった。

「主《あるじ》よ。何なりと命じよ」

「実はね」

私がこれまでの経緯《けいい》を話すと、アレリアが納得《なっとく》したように頷《うなず》いた。ところでこの子って確か神獣《しんじゅう》だよね？　ミリータちゃん、さらっと魔物呼ばわりしてたけど。

「容易《たやす》い願いだ。そこの娘《むすめ》よ」

「か……」

「む？」

「かわいいぃぃぃ――――――！」

マウちゃんがすごい緩《ゆる》んだ顔をしてアレリアに抱《だ》き着いた。もふもふに顔をうずめて何度もすりすりしている。あぁわかるよ。私も報酬を手に入れた時はテンションが上がってそれやるからね。

「マテリ、おめぇのそれとはたぶん違《ちが》う」

「もうやだミリータちゃん怖《こわ》い」

鋭《するど》すぎて泣きそう。しかしマウちゃん、フクロウ伯爵というものがありながら、それはいただけないかもね。案の定、フクロウ伯爵が面白《おもしろ》くなさそうな顔をしている。

「マウ様！　さすがにだらしがありませんぞ！」

「どうしたのだ、オウルーク」

ほら、フクロウ伯爵のジェラシーがさく裂《れつ》している。なんとも罪なわんこです。

それよりもとっとと本題に入ってほしい。アレリアが尻尾《しっぽ》をしゅるりと巻いてから、マウを見下ろした。

「マウといったな。非常に良い。王となる資質を兼《か》ね備えている」

「わ、わらわが?」

「まずは己《おのれ》を知れ。己を信じろ」

「どういうことだ?」

「オーガのもとへ行くぞ」

アレリアが何の説明もなく歩き出した。このアレリアは古代王国に仕えていたんだっけ。当時の王様に負けて以来、王家に仕えるようになったから一番近くで統治者の姿を見ていたことになる。そのアレリアがマウちゃんを褒《ほ》めたということは、幸先《さいさき》がいいかもしれない。

＊　＊　＊

「ア、アレリアとやら!　ここはオーガたちの縄張《なわば》りだぞ!　あれが要塞だ!」

「マウ、臆《おく》するな。奴《やつ》らのような者たちを理解させるには力による制圧しかない」

さすが古代わんこのアレリア。オーガという魔物を知っているみたいで、もっとも手っ取り早いやり方を提案してくれた。

「お前もわかっているはずだ。本当はオーガなど敵ではないだろう?」

「そうかも、しれぬが……」

「お前は優《やさ》しい。であれば、いずれ争いが起きた時に悲しむのはお前だ。だから時には力を示してまとめる必要がある」

「うむ……」

最初は狼狽《うろた》えていたマウちゃんだけど、アレリアに諭《さと》されて今は心を落ち着けている。

私たちは今、オーガたちが根城にしている要塞の前にいる。門番をしているのは当然オーガだ。青い筋骨隆々《りゅうりゅう》の体に角と牙、手には武器を持っていた。門番のオーガが気づいて、ギロリと睨んでやってくる。うん、ミッションが出ない。出ないなら無益な戦いはするべきじゃない。

「お前たち、なんだ？」

オーガとマウちゃんの体格差がえげつない。大人と子どもどころじゃない。鬼《おに》みたいな魔物に睨まれてもマウちゃんは怯《ひる》んでなかった。

「わらわは魔王城の魔王マウ。ボスと話がしたい」

「お前、魔王！　お前、殺す！」

オーガが大きな剣《けん》をマウちゃんに振《ふ》り下ろした。マウちゃんが片手で剣を受け止めて、オーガがぎょっとした。

「うがっ⁉」

「無駄《むだ》な争いは好まない。もう一度、言おう。ボスを呼んでくれぬか？」

マウちゃんはいつものゆるっとしたマウちゃんじゃない。その目にかすかな殺意が宿っていて、二度目はないと思わせてくれる。オーガの攻撃にもビクともしないし、これがマウちゃんの実力か。

「マウちゃん、強いねぇ」

「マウ様はお優しい性格ですが、潜在《せんざい》能力はマウ様の父上を凌《しの》ぎます。あのレイムゲイルとフリスベルクもそれがわかっていたから従っていたのですよ」

フクロウ伯爵の説明に納得した。確かに血気盛《さか》んな魔物が弱い相手に従うわけないよね。

オーガがマウちゃんにびびって武器を引っ込めた。それからもう一匹が要塞に走っていく。程《ほど》なくして大勢のオーガを引き連れたオーガヒーローがやってきた。一際《ひときわ》大きい体格に派手な装飾《そうしょく》が施《ほどこ》された兜《かぶと》に鎧《よろい》を着ている。そんなオーガヒーローが神輿《みこし》みたいに担《かつ》がれてやってきたんだから、危《あや》うく突《つ》っ込むところだった。

「いつも城で頭隠《かく》して震《ふる》えていた魔王！　今日は尻《しり》だして命乞《いのちご》いか！」

オーガヒーローが煽《あお》ると、他のオーガたちが一斉《いっせい》に笑う。マウちゃんは一切《いっさい》動じず、オーガヒーローの前に立った。

「わらわが勝ったら従え」

「お前、負けたらどうする？」

「お前に従う」

「言ったな！　言ったなッ！」

オーガヒーローが剣を振り回してマウちゃんに襲《おそ》いかかる。マウちゃんはひらりと身をかわして、その目が光った。ニヤリと笑った時、オーガヒーローの表情が引きつった。

「ファイアーボール」

マウちゃんが手の平から放った火の玉は恐ろしく小さい。火花のごとくチリチリとオーガヒーローに向かって直撃すると大爆発《だいばくはつ》を起こす。周囲のオーガたちが吹《ふ》っ飛んで、要塞も風圧で屋根が剥《は》がれた。

収まると黒焦《くろこ》げになったオーガヒーローがピクピクと痙攣《けいれん》している。マウちゃんが見下ろすと、オーガヒーローが口をパクパクと動かした。

「お、まえ、強い……従う……」

「良し」

ボスの敗北宣言と同時にオーガたちが一斉に跪《ひざまず》いた。マウちゃんがふぅと息を吐《は》いてから、アレリアのところへやってきた。

「これでいいか？」

「それでいい。平和に必要な平穏《へいおん》を得るには統治者が必要なのだからな」

アレリアがそう告げるとマウちゃんは笑った。それにしても私のファイアーボールとは明らかに質が違う。無駄がない。何より驚《おどろ》いたのは叫《さけ》ばないところだ。普通《ふつう》、ファイファイ言うところなのになんて静かなんだ。

「立て、オーガの頭目よ。これよりわらわが命じた争い以外は禁じる。人間を襲うことも許さん。襲ってきた場合を除いてな」

「ウガ……傷、治ってる？」

「わらわのスキルは完全治癒《ちゆ》だ」

初めて見たけど、音もなくオーガヒーローの負傷がなかったかのように消えた。

あれに比べたら私のクリア報酬なんてかわいいものです。

あんなに威勢《いせい》がよかったオーガヒーローが素直《すなお》に従っている。なんというか人間より単純でわかりやすいかもしれない。犬同士の主従関係に似ている。

＊　＊　＊

「ウガ……お前、何してる？」

「おめぇらの住処《すみか》を少しでも住みやすくしてる」

オーガたちがマウちゃんの手下になってから数日が経過した。

ミリータちゃんがオーガたちの要塞を改良している。オーガたちの知能が高いといっても人間並みの建築技術があるわけじゃない。所々に隙間風《すきまかぜ》が吹いている箇所《かしよ》を修理していた。その手腕《しゆわん》はさすがミリータちゃんと言いたくなるほどだ。要塞が見違えるほど強固で快適になった。

「風、吹かない……」

「雨風は完全に凌げるはずだ」

「お前、なぜ？」

「マウに人間の国と平和条約を結ばせたのはオラたちだ。だからおめぇらはマウだけでなく、人間を助けなきゃならねぇ。その時に備えて力をつけとけ」

「人間を……」

いや、なんか普通にコミュニケーションとってるんだけど？　報酬もないのによくそこまでやる気になるなぁ。さすが働き者の民《たみ》ドワーフ、私の理解を超《こ》えた存在だ。

「お前、いい奴」

「おめぇもいい奴だ」

オーガたちは最初、ミリータちゃんを訝《いぶか》しがっていた。魔王であるマウちゃんの手下でもない人間とドワーフ、エルフの一味だからね。一応、立ち位置としては魔王軍のスポンサーってことにしておいた。このスポンサーの概念《がいねん》を教えるのにかなり苦労したんだけどね。

私がミリータちゃんの仕事ぶりを見守っていると、マウちゃんがやってくる。オーガたちが跪いて、ちょっと魔王様の風格が出てきた。

「うむ。ずいぶんと素晴《すば》らしい要塞となったな。いざとなったら、わらわを助けてほしい」

「助けてほしい……？　命令、違う？」

「わらわはお前たちを従えているが、同時に部下であるお前たちはわらわを助ける。それだけだ」

「助ける……」

魔王らしからぬ発言だ。マウちゃんはオーガたちを見て回って、そしてスキルの完全治癒を使った。擦《す》り傷や深い傷、中には片腕《かたうで》が使えなくなっていたオーガもいたけど完全治癒で癒《い》えてしまう。あっという間にオーガたちが戦いの中で負った傷が完全に消えてなくなった。

「腕、動く……」

「足、痛くない……」

「気持ちいい……」

オーガたちがどよめく。マウちゃんが自分たちに何をしたのか。なぜこんなことをするのか。まだ少し理解していない。私としても報酬があるわけでもないのに、ここまでやる意味がわからない。いや、もしかしたらマウちゃんにミッションが出ていた？　そうじゃなかったら、ここまでやる理由がないからね。

「マテリ、さすがにそれは人として欠陥《けっかん》だ」

「心が痛い」

ミリータちゃんが当然のように見透《みす》かしてきて怖くて震えてる。しかも仕事をしながらこれだからね。本当に有能だ。

一通り、完全治癒が終わったマウちゃんがオーガたちにまた跪かれていた。こうして見るとオーガは魔物の中でも格別に物分かりがいいのかもしれない。その様子をアレリアが満足そうに見守っていた。

「マウ。これで終わりではないだろう？」

「うむ、デュラハン率いるアーマーデッドの活動が活発になっておる。魔王領を出て人を襲えば手《て》遅《おく》れだ」

「ではすぐに向かうがいい」

「しかし、オーガたちと違ってそう単純ではないかもしれん。実は以前、奴らはレイムゲイルに敗北したことがあるのだ」

「力を見せつけても従わなかったというのか？」

「そうだ。アンデッドのしぶとさは知っていたが、しばらくして奴らは蘇《よみがえ》った。まるで獲物《えもの》を探し求めているかのようにまたさ迷い始めたのだ」

これからアンデッドと戦うのにアンデッドを従えさせようとするのも変な話だ。でも話を聞く限りでは普通のアンデッドじゃないように思える。これぱっかりは実際に会ってみないとわからないけど、私って必要？　魔王軍に協力してもらえればいいわけだし、ここら辺で――

「マウさん。そのアンデッドたちは何か未練があるのだと思います」

「フィム、未練だと？」

「はい。蘇ってでも求めるものがあるんです。それを見つけ出さない限りは力を見せつけても何も解決しないでしょう」

おぉ、フィムちゃん。シリアスになると本当に心強い。私なんかミリータちゃんとアレリアに任せて、魔道車の中で休んでいようかなと思っていたのに。よし、ここはフィムちゃんに任せよう。そうしよう。

「というわけで師匠、お供します」

「はい？」

「師匠ならば必ず原因を突き止められると信じています。傍《かたわ》らで勉強させていただきます」

「師匠、オラからも頼む」

ちょっと待て、ミリータちゃん。どさくさに紛《まぎ》れるな。フィムちゃんが目を輝《かがや》かせて期待に満ち溢《あふ》れている。あれからミッションの一つも出てないのに私に何をしろと？

「マテリ、たまには師匠らしいところ見せろ」

「うー……うぅぁー……」

「たまにはビシッと言ってやるって前から思ってたんだ。おめぇは本来、そこまで薄情《はくじょう》じゃねぇだろ」

本来の私ってなんだろう？　確かに都合がいい時だけフィムちゃんを利用するのは間違ってる。それはたぶん今まで私がミッションで討伐《とうばつ》してきたしょうもない連中と同じだ。

そしてこのフィムちゃんの一点の曇《くも》りなき瞳《ひとみ》、完全に私を師匠と思い込んでいる。はぁ、仕方ない。本当に面倒《めんどう》だけどさ。

「フィムちゃん、任せてよ」

「はい！　師匠！」

いや、私に解決できるかわからないよ？　いっそミッションが出てくれたほうがありがたい。

＊　＊　＊

デュラハンたちはさ迷っているから、フクロウ伯爵のスキルが必須《ひっす》だ。索敵《さくてき》のスキルで探してもらったら割とすぐに見つかった。遠くに見える集団の先頭にいるのがデュラハン、兜をかぶった頭を抱《かか》えた騎士《きし》だ。その後ろに続くのはアーマーデッドたちで、カシャリカシャリと音を立てて歩いていた。

これ、いつもなら即《そく》ミッション発動なのにここ最近はおとなしい。この場合、私は手を出すなってことかな？

「あれがデュラハン！　レベル70を超える難敵ですが、あれは……普通のデュラハンじゃないように見えます！」

「そうなんだ。私からしたら頭を持ち歩いてる時点で普通じゃないけどね」

「近づいてみましょう」

ミリータちゃんが魔道車を運転してアンデッド集団に近づいた。アーマーデッドの一匹がこちらを向く。

「マウちゃん、気づかれたよ」

「む！　むぐもぐ！」

「呑気《のんき》に食事しやがってないで外に出てね。あなたたちのお手伝いなんだからね」

「むぐっ！」

喉《のど》なんか詰《つ》まらせやがってからに、この食い意地はった魔王め。フクロウ伯爵に水を渡《わた》されてから胸をトントンしたマウちゃんがデュラハンたちの前に出た。

「お前たち、この辺りを荒《あ》らしまわっているようだな。わらわは魔王マウ、相手になろう」

マウちゃんの登場にデュラハンたちは少しだけ固まった。それから先頭にいたデュラハンが歩いてくる。

「イザッ！　尋常《じんじょう》ニ勝負！」

デュラハンが剣を持って駆《か》けた。マウちゃんが片手からファイアーボールを放つとデュラハンが炎《ほのお》に包まれる。

「ヌォオオオォォッ！」

「勝負はついた」

「我ガ剣ッ！　我ガ剣ト相対セシ者！」

「む？」

オーガヒーローを倒《たお》したファイアーボールの炎をデュラハンが振り払《はら》った。おぉ、強い。ダメージなんてなかったかのようにデュラハンが仕切り直す。剣を振ると周辺の草木が散った。凄《すさ》まじい剣捌《さば》き！

「我ガ剣ト……！」

「しぶといな」

デュラハンが剣を垂直に構えたまま動かない。なんだか変だね？　他のアーマーデッドも襲ってこない。まるで何かを待っているかのようだ。観察するとデュラハンたちが、とある子のほうを向いている。ははぁ、これはもしかして？

「フィムちゃん。相手してあげたら？」

「そうですね……」

やだ、フィムちゃんったら。いつものさすが師匠がない。少し期待した私がいた。

フィムちゃんが二刀流で構えると、デュラハンも構える。

「あなたたちを見た時から、なんとなく察してました。私たちを見た時、集団で襲いかからずにデュラハンだけが戦いを挑《いど》んできましたね」

フィムちゃんとデュラハンの剣がぶつかる。お互《たが》いの剣術が奏《かな》でる金属音が周囲に響《ひび》いた。一進一退でフィムちゃんの剣がデュラハンをかすめる。すごい戦いとしか言いようがない。

「コノ剣！　コノ戦イ！　イイ！　求メテイタ！」

「それは……どうもッ！」

その瞬間《しゅんかん》、フィムちゃんの気迫《きはく》が高まった気がする。いつもの敬語じゃない。

フィムちゃんが一気に踏《ふ》み込んで、デュラハンの剣を弾《はじ》いた。がら空きになったデュラハンの胴《どう》体《たい》に剣を突きつける。止《とど》めを刺《さ》さず、フィムちゃんは何もしなかった。

「私ノ……負けだ」

今までくぐもったデュラハンの声が人間らしく聞こえる。よく見るとゾンビというより鎧の中は空洞《くうどう》だ。他のアーマーデッドも鎧と剣だけが動いているから、魂《たましい》だけの存在か。

「満足していただけましたか？」

「本気の剣での戦い、楽しかった」

やっぱりそうか。元々が剣士だから、剣の達人と戦いたかったに違いない。だから普通に倒されても復活したんだ。わかってたよ。ホントだよ？

「お前は本気ではなかった。名を聞かせてほしい」

「私はフィム。聖女マテリの弟子《でし》です。あなたたちの未練を見抜《みぬ》いたのは師匠です」

「聖女マテリ……」

いや、待って。そこで私の名前を出す必要がない。フィムちゃんが私を指したものだから、デュラハンたちが私に注目したじゃない。

「あの方が聖女……。このフィムという剣豪《けんごう》を育てたのか」

「久しく忘れていた、これが神々《こうごう》しいという感覚か」

「聖女……さ迷える我らをお救いください」

アンデッドどもが私に祈《いの》りを捧《ささ》げ始めた。誰かこの状況を説明してください。今、私は冷静さを欠こうとしています。フィムちゃんに悪気がないのがまたもどかしい。

でも声がまともな人間のものになってるから、これで成仏《じょうぶつ》してくれるかな？

「聖女様、我らはどうすればいいでしょうか？」

「いや、知らないし……あ、待ってよ。じゃあ、そこにいるマウちゃんの配下になりなさい」

「先ほどの子どもの？　なぜですか？」

「このままさ迷って迷惑《めいわく》をかけた分の罪滅《つみほろ》ぼしだよ。マウちゃんはこれからいいことをたくさんするから、お手伝いしなさいってこと」

「そうか……」

これで丸め込めるほど甘《あま》くないよね。さすがにそんな簡単な話なんて。

「マウ様。我ら一同、聖女の導きにより忠誠を誓《ちか》います」

「うむ。よろしい」

よろしいんだ。マウちゃんがそれでいいなら私もいいや。スポンサーとして許可するよ。

こうしてアンデッド軍団を討伐するのにアンデッド軍団を仲間に加えるというよくわからない事態が終わった。これでマウちゃんの配下はオーガたちに加えてデュラハンたちか。それなりに魔王軍っぽくなってきたんじゃない？

＊　＊　＊

「踏み込みが甘いッ！」

「ぬっ！」

デュラハンたちはあれからフィムちゃんと模擬《もぎ》戦をやっている。フィムちゃんがマジモードで、次々とアンデッド剣士たちを打ち破っていた。

普通なら心が折れるところだけど、何しろ相手はアンデッドだ。そもそも体力が尽《つ》きるという概念がないから、フィムちゃんのほうが疲《つか》れる。息を切らしたフィムちゃんが魔王城の大広間で休んだ。

「すごいですね。生前はどのような方だったのですか？」

「覚えていない。ただ剣の道に生きていたということ以外はな」

それもなかなかお辛《つら》いでしょう。と、言いたくなる。覚えてないけど何かに夢中になるってちょっとシンパシーを感じる。私もたまに熱中しすぎるからね。きっとデュラハンたちみたいに何かしらの信念があるからこそ、真剣になれるんだと思う。

「おめぇのそれはただの物欲だからな」

「ひゃん！　ミリータちゃん、突然登場して突っ込まないで！」

ヌッと現れたミリータちゃんが当然のように見透かしてきた。鍛冶《かじ》道具を持っているけど、ここで仕事をするのかな？　後ろにはオーガたちもいた。

「おめぇら、武器を出せ。打ち直してやる」

「俺《おれ》の武器？　お前、何する？」

「ピッカピカで頑丈《がんじょう》にしてやるんだ。オーガのボス、おめぇの武器は刃《は》こぼれがひどくて元の切れ味なんかほぼないからな」

「ピッカピカ！　ピッカピカ！」

オーガたちが一斉に武器を差し出した。ミリータちゃんが鍛冶セットを使って武器を叩《たた》き始める。

「トンテンカカーン！　トンテンカーン！」

「おぉ！　トンテンカン！　トンテンカン！」

オーガたちがはしゃいでいる。新品同様になった武器を持ったオーガたちが踊《おど》るようにして喜んでいた。その光景を見ていたデュラハンたちも、自分の武器をミリータちゃんに託《たく》す。

「おめぇらのこれって一応、アンデッドの一部じゃねぇのか？　まぁいいや」

その疑問は抱《いだ》いたこともなかった。あの鎧がアンデッドなら武器も同じはずだし、鍛《きた》えるという概念が通用するのかわからない。でもデュラハンたちの剣もピカピカで鋭く打ち直されていく。

何にせよ、丸く収まりそうでよかった。じゃない。あのね、ミッションがね、まだ達成してないんだよね。ということでさすがにマウちゃんには協力を申し出てもらいたい。と、思ったらフクロウ伯爵がバッサバッサと飛んでやってきた。マウちゃんも一緒《いっしょ》だ。

「た、大変ですぞ！　北の山からグランドドラゴンがやってきました！」

「この辺りで一番強いんだっけ？」

フクロウ伯爵のスキルは遠くまで見通せるから間違いない。私のミッションを妨害《ぼうがい》してまで何をしに来たのかな？　さすがにイライラしてきた。

城の外に出ると、岩みたいな鱗《うろこ》に覆《おお》われたドラゴンが飛んでくるのが見える。そしてズシンと大きな音を立てて魔王城の前に着地した。

「何やらここ最近、静かだと思って来てみれば！　なるほど！　オーガも死にぞこないも魔王を名乗る小娘の軍門に降《くだ》ったというわけか！」

「何用だ？　わらわの手下にでもなりにきたか？」

グランドドラゴンが小馬鹿《こばか》にしたように鼻息を吹いた。

「小娘と思って様子を見ていたが、少しは骨があるようだ！　どうだ？　ワシと勝負をしてお前が勝てば、配下になってやろう！」

「いいだろう。かかってこい」

いや、あの？　それはいいんだけど？　マウちゃん？　私との約束を忘れてない？　いつまで私のミッションクリアをお預けにする気なの？

シリアスムードで戦いを始めようとしてるけど、大切なものがここにあるんだよ？

「さぁ来い！　魔王を名乗るだけの資質があるか、見極《みきわ》めて……」

「ファイアボォァアアアァ――――――――――――ル！」

「ぐほぁぁ――――――！」

「ファファファファファファイファァイファイファァボォッ！」

「ぐぁぁぁ―――！」

グランドドラゴンにしこたま火の玉を撃《う》ち込んでやった。巨体《きょたい》が炎に包まれて吹っ飛んだ後、ぷすぷすと煙《けむり》を立てて動かなくなる。

「マ、マテリ……。わらわが奴を倒さねば」

「マウちゃん。各国と協力してアンデッド軍団と戦ってくれるよね？」

「む、それは、いいのだが。今のはさすがに」

「戦ってくれるよね？」

杖《つえ》で大地を叩いて一部を破裂《はれつ》させた。私が求めているのはあくまで有意義な交渉《こうしょう》だ。オーガやデュラハンたちはわかってくれたみたいで、静かに見守ってくれていた。

「わ、わかった。協力しよう」

ミッション達成！　神王の牙を手に入れた！
効果：選ばれた獣《けもの》のみが装備できる牙。

「っしゃぁあぁ――――――！」

「ミッション達成か！」

「さすが師匠ッ！」

手元にあるのはとても私たちじゃ使いこなせそうにない立派な一対《いっつい》の牙だ。選ばれた獣のみが装備できる、か。そりゃもうあのわんこしかいないでしょう。

「アレリア、これあげる」

「これは神王の牙！　太古の昔、世界を災厄《さいやく》から守った神獣の牙ではないか！　こ、これを私に……」

「え、元々は別の神獣のものだったの？」

今更《いまさら》、突っ込んじゃいけない。私のスキルはそういうものだ。牙をアレリアにあげると、なんかいい感じに元の牙と一体化して装着した。元の牙がどうなったのかなとか考えちゃいけない。

「素晴らしい……。やはり主と見込んだだけはある」

「一応、私からのプレゼントってことでよろしくね」

「この器《うつわ》、もしかしたら主こそが……」

変なこと言いかけてやめないでね。いや、また真の聖女みたいなノリの発言されても困るから別にいいか。

とにかくこれでミッション達成で一安心、と思っていたら視界の端《はし》でグランドドラゴンが立ち上がっていた。

「ううむ……。見事だ」

「なんかごめんね」

「これほどの力を有するものと相対したのは何百年ぶりか。認めよう、お前こそが主とな」

「ダメです。あなたの主はあっちのマウちゃんです」

グランドドラゴンが頭を下げてくる。もうこれ以上、変な流れになるのは勘弁《かんべん》してほしい。ペットは一匹で十分だし、そもそもこっちは大きすぎる。

「しかしだな」

「しかしもカカシもない。私を主と認めるなら、マウちゃんに従ってね？　主の命令ね？」

「なるほど、理解した」

グランドドラゴンが今度はマウちゃんに頭を下げた。戦っていたらどっちが勝ったんだろうという興味はあるけど、私としては強いほうが上に立つのが正しいとは思わない。オーガたちの傷を癒《い》やしたり、部下を気づかう心があればそれで十分じゃないかな？

マウちゃんは今もグランドドラゴンのダメージを完全治癒で癒やしている。

「素晴らしい力だ……。これが魔王の力だというのか？」

「おそらくお前が知っている魔王とわらわではあまりに違いすぎる。器が足りないかもしれないが、

いざという時は助けてほしい」

「わかった。しかし、その資質が足りんと思った時は容赦《ようしゃ》なく滅《ほろ》ぼす」

「好きにしろ」

いい感じに上下関係が構築された。それはいいんだけど、ちょっと不穏《ふおん》かな？

「マウちゃんに何かしたら私があなたを滅ぼすからね？」

杖で大地を叩き割ると、また静かになった。それから間もなくグランドドラゴンがわかったと小さく呟《つぶや》く。人間も魔物も素直が一番だよね。

「どっちが魔王かわかんねぇな、これ」

ミリータちゃん。余計なことは気にしなくていいの。終わり良ければすべて良しなんだからね。

了

あとがき

どうも、ラチムです。どうなるかと思いましたが無事、2巻を出せました。聖女というタイトルのワードを見て、誰《だれ》がこんな内容を予想するのかといつも思います。その辺り、ご期待に沿えているのかなと思うと、どうなんだろう？　ということでお楽しみいただけたでしょうか？

2巻は1巻と違《ちが》ってミッションが発生しても、すぐに達成できない場面が多いです。その場合、マテリはどうなるかという疑問への答えが今回のテーマとなっております。結果はご覧の通りとなりました。1巻のように淡々《たんたん》とミッションをこなすのではなく、思い通りにいかないイレギュラーな展開を入れることによって新たなストーリーが生まれたと思います。

前巻の続きということで、当たり前ですが1巻を気に入っていただけた方が楽しめるように書きました。つまり大きな変化はありません。やっていることは同じですね。これはとても大切だと思っています。例えば1巻は明るくてテンポがよかったのに、2巻からは暗いテーマが盛り込《こ》まれているなんてことになれば戸惑《とまど》う方がいるかもしれません。1巻がよかったから2巻を買ったのにどうしてこうなったとなるでしょう。だから極力、作品の雰囲気《ふんいき》や方向性は変えません。この作品は壮大《そうだい》な伏線《ふくせん》や世界の謎《なぞ》みたいなものはほとんどないので、変えずに済むのは簡単でした。

ただしまったく同じことばかり続けていてもダメだ、ということで今回は残念王子のクリードがスパイスになったと思います。実力や人望ともに完璧《かんぺき》な彼《かれ》ですが、あろうことかマテリに惚《ほ》れてしまいます。当のマテリは恋愛《れんあい》にまったく興味がないので、クリードのアプローチは空回りしてしまうんですよね。これと頭角を現す魔道士協会《まどうし》を軸《じく》に物語は進みます。1巻では聖女と呼ばれて2巻では……と、どこへ行っても勘違《かんちが》いされてエスカレートするという流れは変わりません。このように作品の良さを残しつつ多少の変化をつけるというのも大切なんじゃないかと思います。

料理店でいえば、人気メニューにはそれぞれ良さがあります。味やボリュームなど、ここを変えてしまうのはメリットがありますがリスクもあります。自分の場合、好きだった店の品のボリュームが減ったり味付けが変わってしまったことがありました。それでいて同じ値段なので納得《なっとく》がいかないと思ったことがあります。つまり大切なのは良さを理解しつつ、飽《あ》きさせないこと。2巻も1巻のようにまったく同じ展開にするのではなくてマテリという軸を残しつつ、幅《はば》を広げてみました。マテリならこうするよな、と納得していただけたら幸いです。同じくミリータとフィムも特に変化はありません。ミリータに関しては今回も大活躍《だいかつやく》といったところでしょうか。

今回、表紙に登場したアレリアもいいスパイスになっていたら幸いです。後半からの登場なのは少しもったいないと思ったので、番外編にも出てもらうことにしました。同じくデザインしていただいたマウと絡《から》ませることができたので、個人的にはうまくまとまったかなと思います。番外編の通り、マウはしっかり強いです。おまけに完全治癒《ちゆ》というスキルのおかげで、作中でも上位の実力者です。おそらく魔道士協会では対処が難しいでしょう。だからどうしたという話ですが、そんな設定でした。

2巻のイラストも吉武《よしたけ》さんに描《か》いていただきました。今回も素敵《すてき》な絵をありがとうございます。編集者様、及《およ》び出版に関《かか》わっていただいたすべての方々に感謝します。本作はここでひとまず終わりです。またいつかお会いしましょう。

DRAGON NOVELS
ドラゴンノベルス

どうも、物欲の聖女です2
無双スキル「クリア報酬」で盛大に勘違いされました

2023年7月5日　初版発行

著　　者　ラチム

発 行 者　山下直久

発　　行　株式会社 KADOKAWA
〒102-8177　東京都千代田区富士見2-13-3
電話 0570-002-301（ナビダイヤル）

編　　集　ゲーム・企画書籍編集部

装　　丁　Coil

D　T　P　株式会社スタジオ２０５ プラス

印 刷 所　大日本印刷株式会社

製 本 所　大日本印刷株式会社

DRAGON NOVELS ロゴデザイン　久留一郎デザイン室＋YAZIRI

ISBN978-4-04-075026-2　C0093

ホラ吹きと
仇名された男は、
迷宮街で
半引退生活を送る
中文字
Illust.
布施龍太
ドラゴンノベルス

錬金術？
Alchemy? No, it's a synthesis of the item!
いいえ、アイテム合成です！
十一屋 翠
Juuichiya Sui
赤井てら
Illustration
合成スキルで
ゴミの山から
超アイテムを
無限錬成！
ドラゴンノベルス

錬金術？　いいえ、アイテム合成です！

合成スキルでゴミの山から超アイテムを無限錬成！

十一屋翠

イラスト／赤井てら

その辺の石や草を合成して、
超お宝アイテムゲットで丸儲け!?

女神様のペットを助けたことで転生のチャンスを得たカコは、大好きなゲームと同じ『錬金術』のチートスキルを授かる……はずが、間違えて『アイテム合成』をゲットしちゃった!?　でも、じつはこのスキル、何でも合成することができて新たなアイテムを生み出せたり、超強化ができたり！
万能スキルを武器に、護衛のニャンコと商いしながら旅暮らしはじめます！